심리학으로 말하다

은퇴

심리학으로 말하다
은퇴

초판 1쇄 발행 | 2021년 11월 10일

지은이 | 도린 로젠탈, 수전 무어
옮긴이 | 신영경
펴낸이 | 조승식
펴낸곳 | 돌배나무
공급처 | 북스힐
등록 | 제2019-000003호
주소 | 01043 서울시 강북구 한천로 153길 17
전화 | 02-994-0071
팩스 | 02-994-0073
홈페이지 | www.bookshill.com
이메일 | bookshill@bookshill.com

ISBN 979-11-90855-10-5
979-11-90855-00-6 (세트)
정가 13,500원

심리학으로 말하다 10

RETIREMENT

은퇴

Doreen Rosenthal & Susan Moore | 신영경 옮김

호주 멜버른대학교University of Melbourne의 명예교수 **도린 로젠탈**Doreen Rosenthal과 호주 스윈번공과대학교Swinburne University of Technology의 명예교수 **수전 무어**Susan Moore는 퇴직 후에도 학계와 일반 독자를 대상으로 청소년기, 성, 은퇴 등을 주제 삼아 폭넓은 저술활동을 이어나가고 있다. 이 책에서는 은퇴 이후의 사회적으로 활발한 생활, 심신이 건강한 삶을 위한 조언들을 전하고 있다.

신영경은 이화여자대학교 영어영문학과를 졸업했다. 10여 년간의 해외 생활 후 동 대학교 통·번역대학원 한영번역학과를 졸업했으며, 이화여자대학교 통·번역연구소 번역 연구원으로 일하고 있다. 역서로는 '심리학으로 말하다' 시리즈 『음모론』 외에 『인포그래픽 데이비드 보위』, 『인포그래픽 모네』, 『핫 시트』, 『블루 마인드』가 있다.

01 새로운 은퇴 • 7

02 직장인에서 은퇴자로의 새로운 여정 • 36

03 재정적 안정 혹은 재정적 스트레스 • 64

04 은퇴가 건강에 도움이 될까? • 91

05 사회적 관계의 재조정 • 120

06 은퇴 후 정체성 재정립 • 150

07 은퇴 최대한 활용하기 • 173

감사의 글 • 197

주 • 198

추가자료 • 209

01

새로운 은퇴

실버 파워

은퇴를 코앞에 두고 있는가? 아니면 이미 퇴직한 상태인가? 여기에서 생각 실험을 한 가지 해 보겠다. 가능하다면 은퇴할 당시의 아버지, 어머니, 할아버지, 할머니와 현재의 당신을 비교해 보자. 현재 당신의 나이가 그들보다 더 적은가, 많은가? 나이를 고려했을 때 더 건강한가, 그렇지 않은가? 경제적으로 좀 더 윤택한가, 어려운가? 당신이 아는 범위 내에서, 부모님과 조부모 세대와 비교해 볼 때 은퇴와 삶의 질, 수명에 대한 당신의 기대는 어떠한가? 어머니나 할머니가 유급 인력으로 일하다 직장에서 '은퇴'하는 권리를 누릴 수 있었는가, 아니면 은퇴할 나이가 훌쩍 지나서도 계속해서 가사와 온 가족을 보살피는 역할을 했는가?

물론 사람마다 다르겠지만 베이비 붐 세대 대부분이 기억하는 공통적인 패턴은 아버지는 은퇴 후 몇 년 더 사시다 돌아가신 반면, 어머니는 대부분의 시간을 전업주부로 살다가 그 후 오랫동안 홀로 지내는 것이다. 또한 이전 세대의 기대 수명을 감안하면 베이비 부머 중 많은 수가 조부모의 얼굴을 보지 못했을 수도 있다. 실제로 1890년대에 태어난 사람들의 출생 당시 기대 수명은 남자 44세, 여자 48세였으나 그 이후 점차 늘어나 1920년대 초에 태어난 사람들의 기대 수명은 남자 55.6세, 여자 59.6세에 이르렀다.[1] 그러므로 이 두 세대에서 '은퇴 연령'까지 살아남은 사람들은 운이 좋은 사람들이다. 영국 통계청 통계에 따르면 현재 기준으로 기대 수명은 영국의 경우, 남자 79.1세, 여자 82.5세이다.[2] 1980년대보다 남자는 8년, 여자는 6년이 더 늘어난 것이다. 조기 사망하지 않고 은퇴를 맞이한 사람들의 경우에는 심지어 기대 수명이 더 길 가능성이 있다.

2013년에서 2015년 사이에 65세가 된 영국 남자의 예상 잔여 수명은 18.5년인 83.5세까지, 여자는 20.9년인 86세까지 사는 것으로 나타났다. 여러 유럽 국가를 비롯하여 미국, 호주, 캐나다, 뉴질랜드 같은 영어권 국가도 이와 비슷한 양상을 보였다.

이러한 통계를 보면 두 가지 분명한 양상이 나타난다. 이는 비단 선진국에만 해당되는 것이 아닌 전 세계적인 추세이다. 첫째, 더 오래 산다—일반적 은퇴 연령인 60세에서 65세를 훨씬 지나 더 오래 산다. 둘째, 남자와 여자의 기대 수명에 격차가 있다—나라와 시대에 따라 조금씩 다르기는 하다. 그 격차는 선진국의 경우 3년에서 5년 사이이지만 대체로 줄어드는 중이다(예상만큼 빠르게 줄어들지는 않지만). 우리의 기대 수명이 늘어난 데에는 향상된 건강 상태가 한몫했다. 주거 환경, 식사, 의료 서비스의 향상과 더불어 건강한 생활 양식에 대한 대중의 이해도가 높아짐에 따라 나타난 결과이다.

이러한 모든 인구 통계학적 사실에는 몇 가지 중요한 함의가 있다. 첫째, 은퇴는 더 이상 불가피한 질병과 죽음을 맞기 전 잠깐 가지는 휴식으로 여겨질 수 없다. 이 기간은

20년에서 30년, 전체 수명의 3분의 1까지도 늘어날 수 있다. 이는 새로운 삶의 단계이며 우리 심리 발달의 일부이다. 모든 인생 단계와 마찬가지로 이 단계에도 전환, 적응, 심리적 성장의 기회, 방심하고 있던 의외의 덫이 포함되어 있다. 우리는 은퇴 시기에 할 일, 은퇴 후 살아가야 할 삶의 방식, 의미 있고 충만한 삶의 방식을 찾을 필요가 있다.

둘째, 대부분의 여성이 자신보다 다소 나이가 많은 배우자와 산다는 사실과 더불어 기대 수명의 성별 격차로 인해 여성은 자신의 배우자보다 5년에서 10년을 더 살(어떤 경우에는 아주 오래) 가능성이 높다. 많은 여성, 아마도 대다수의 여성이 말년에는 홀로 살게 될 것이다. 이 책에서는 고령화 우려가 가장 두드러지는 인생의 마지막 단계에 초점을 맞추고 있지는 않다. 하지만 노년기에 주변의 도움을 받는 문제와 관련해 가까운 가족, 특히 여성들 사이 우정의 역할에 주목한다. 은퇴 후 초기 단계에 이러한 유대를 강화하고 키울 수 있는 기회가 있다. 이는 활동적 은퇴기의 관점에서 보람 있는 일일 뿐 아니라 불가피한 노화 과정이 진행되는 동안 주변의 도움이라는 방어벽을 쌓는 데 기여할 것이다.

마지막으로 세계 인구가 전체적으로 고령화하면서 은

퇴자는 점점 더 큰 집단이 되고 있다. 베이비 붐 세대는 이제 60대와 70대이다. 이들은 '집단적'으로 은퇴하여 현재 퇴직 연금, 기초 연금, 건강 보험 등의 혜택을 받고 있다. 이것이 은퇴자들이 국가 경제를 축내고 있다는 의미일까? 아니면 이들의 기여—예를 들면 소비자와 투자자, 손주와 고령 가족의 돌봄 제공자, 가족의 멘토와 지지자로서—로 인해 창출되는 사회적 가치가 유급 노동에 참여하지 않는 것으로 인한 영향을 상쇄하고도 남을까? 시간이 지나 봐야 알겠지만 각국 정부는 이 대규모 집단이 가져올 경제적 영향을 우려하고 있으며, 많은 나라에서 사회 보장 서비스와 국가 연금 수급 연령을 상향 조정하고 있다.[3] 물론 이렇게 되면 고령자들이 더 오래 유급 근로자로 남아 있게 되고 일부는 의도된, 일부는 의도치 않은 일련의 사회적 파급 효과를 가져올 것이다. 이러한 효과의 몇 가지 예로 노동 시장, '자원봉사 인력', 아이 돌봄, 여행 및 주택 산업에 대한 영향을 들 수 있다.

균형의 관점에서, 은퇴자 인구수 증가의 또 다른 특징은 이 집단이 선거에서 대규모 투표 블록Voting bloc(특정한 공통 관심사 또는 우려를 중심으로 강력하게 집단 동기가 부여되는 유권자 집단—옮긴이 주)을 형성한다는 점이다. 따라서 노년의 은퇴자들을 위한 서비스를 제공하고, 이들의 애로 사항과 의견에 주목하도록 정부에 압력을 가할 수 있다. 은퇴자들에게는 힘이 있다!

은퇴는 무엇을 의미할까?

은퇴는 새로운 자리로의 승진이다.[4]

'은퇴'의 사전적 의미는 '일반적으로 정년이 되어 자신의 일을 그만두고 직장을 떠나는 것'이다. 이것이 전통적 개념의 은퇴인 것은 확실하다. 직장 동료들과 기분 좋게 모닝커피를 마시고, 동료들이 선물한 금시계 또는 꽃다발(이쪽일 확률이 높다)을 받고, '연금을 받으면서' 휴가를 떠나 골프를 치거나 낚시를 하거나 빵을 굽는다. 이에 관해 셰익스피어는 리어 왕의 말을 빌어 은퇴할 준비가 되었음을 다음과 같이 표현했다.

…… 이것이 짐의 바람이다.
내 나이의 모든 근심과 국사에서 벗어나
힘센 젊은 세대에게 모두 넘겨주고,
짐은 홀가분하게 죽음을 향해 들어갈 것이다.

단순하고, 잔인하고, 부정확한 표현이다. 죽음을 계획하는 데 10년 혹은 20년이 필요한 것은 아니다. 준비하고, 살아내야 할 또 다른 삶의 단계가 있으며, 좀 더 성숙해지기 위한 심리적 작업과 즐겨야 할 경험이 많이 남아 있다. 새로이 은퇴하는 사람들은 이러한 변화를 인지하고 있으며, 우리 연구에 참여한 사람들의 설문지 응답에서도 이러한 사실을 찾아볼 수 있다.[5] 응답자들은 마지막이라는 표현보다는 새로운 시작에 대해 더 많이 언급했다. 모두 자신이 은퇴했다고 규정했지만 일부 사람들은 자신이 새로 참여한 활기찬 삶의 방식에 은퇴라는 단어를 사용하는 것을 불편하게 느꼈다.

나는 은퇴가 스스로를 재발견하는 기회라고 생각한다.

은퇴란 무엇일까? 나는 세 곳에서 자원봉사를 하고, 나이 든 친척들과 손주들을 돌보고, 집안일과 정원 가꾸기, 헬스 수업, 기타 해야 할 많은 활동으로 벅차다. 그런데 은퇴해서 조용히 지낸다는 말이 가당하기나 한가?

나는 은퇴하지 않았다, 그저 전통적 의미에서 일하기를 멈췄을 뿐이다. 나는 일을 완전히 그만둔 것이 아니다. 여기서 '은퇴'라는 말은 또 다른 삶을 위해 이전 삶을 떠났다는 뜻이다.

은퇴자와 마찬가지로 은퇴를 연구하는 사람들도 실제로 은퇴가 무엇인지 정의하는 데 어려움을 느낀다. 왕과 시(2004)는 주요 심리학 자료들을 검토한 연구에서 연구자들이 은퇴에 대해 여러 다른 정의를 사용하는 것에 주목했다. 이런 다양한 정의에는 경력 단절, 일에 쏟는 노력 감소, 연금이나 사회 보장 혜택 수령, 자기 보고에 의한 정의 또는 일정한 나이에 이르는 것 등의 내용이 포함되었다.[6] 이러한 여러 시도에는 애매모호한 점이 많다. 예를 들어 '경력 단절'의 경우 하나의 장기적 경력에서 은퇴하고 다른 경력을 시작할 수도 있다. 우리 연구의 참가자 중에는 두 번째 커리어를 마쳤다거나 세 번째로 일을 시작할 것이라고 말하는 사람도 있었다. 또한 정규직에서 시간제 근무나 임시직 근로자로 전환되는 경우 '단절'이 어느 시점에서 일어나는지 콕 집어 말하기 어렵다.

나이 또한 은퇴 상태를 명확히 말해 주지는 않는다. 어떤 사람들은 평생 은퇴하지 않으며 특히 자영업자인 경우가 그렇다. 대부분의 선진국에서는 몇몇 특수 직종을 제외하고는 의무 정년이 더 이상 적용되지 않는다. 다만 위험하다고 여겨지거나 조종사, 판사, 군 특수 요원처럼 고도의 정신적, 신체적 민첩성을 필요로 하는 경우는 예외이다. '늦은'(가령 70대나 80대) 은퇴를 방해하는 주요 요인은 건강, 개인 선호도, 일자리가 있는지 여부, 그 일을 즐기는지 여부 등이다.

'이른'(가령 50대 이전) 은퇴를 가로막는 장애물은 일반적으로 개인 선호도와 가용 자금 정도로 그리 많지 않다. 보통 기초 연금은 일정 나이에 이르기 전에는 받을 수 없다. 대부분의 서방 국가에서 기초 연금이 수급 가능한 연령은 60~65세지만 전 세계 인구의 노령화와 수급 인구의 급격한 증가로 점차 상향 조정되고 있다. 심지어 자신의 개인 연금 저축에서 선 수령하는 경우에도 일정 연령 이전에는 세금 증가와 같은 경제적 불이익을 당할 수 있다.

기초 연금이나 퇴직 연금을 받는다고 해서 꼭 은퇴를 의미하지는 않는다. 많은 사람들이 자신이 받는 연금 소득을 보충하기 위해서 또는 그저 즐거워서 계속 일하기 때문이다. 어떤 연구자들은 은퇴자란 연금 수령 액수가 현재의 보수를 초과하는 사람들이라고 정의 내렸지만, 겉으로는 객관적으로 보이는 이러한 정의조차 개인들의 자기 보고 내용과 꼭 일치하지는 않는다.

와이스(2005)는 은퇴란 일반적으로 세 가지 방식으로 정의될 수 있다고 말한다. 경제적 정의에 따르면 노령자가 유급 근로를 그만둔 것이다. 사회학적 정의에 따르면 누군가가 더 이상 일을 하지 않고 사회적으로 일을 하지 않는 것이 용인되는 나이에 이르렀다는 의미이다. 심리학적 정의에 따르면 개인이 스스로 은퇴했다고 인정하는 때를 가리킨다.[7] 이 책은 은퇴했거나 은퇴를 준비하고 있다고 스스로 규정하는 사람들을 대상으로 하며, 은퇴에 대해 다른 정의를 내리는 연구들을 여기서 언급하기는 하지만 우리가 가장 선호하는 것은 자기 보고식 접근법이다.

은퇴를 일종의 승진으로 본, 이번 장의 도입부에 제시된 문구는 은퇴 이후의 기간에 대해 새로운 관점을 제시하며, 이는 앞서 인용된 리어 왕의 대사와는 매우 다른 시각이다. 은퇴를 '승진'이라고 묘사하면 어떤 방식으로 정의하건 이 단계가 긍정적이고, 활동적이고, 도전으로 가득 찬 단계라는 것을 일깨워 준다.

은퇴 이유, 스타일 및 유형

우리가 은퇴하는 이유

바람직한 상황은 자신의 은퇴 날짜를 훨씬 이전부터 선택하고 계획하는 것이다. 그러나 안타깝게도 현실에서는 그러한 선택이 항상 가능하지는 않다. 50대나 60대에 다다른 근로자들은 정리 해고 대상이 되거나 다른 일을 찾기 어려워지고, 심지어는 일자리를 얻는 것이 불가능하다. 일부 사람들은 건강이 나빠져서, 다른 사람을 돌봐야 해서, 스트레스나 신기술 도입 같이 직장에서 일어난 변화에 적응하지 못해서 어쩔 수 없이 은퇴한다.

은퇴 후의 행복이나 삶에 쉽게 적응하는 문제는 은퇴 이유와 밀접한 관련이 있다.[8] 우리의 연구에서 정리 해고로 은퇴한 사람들은 자발적으로 은퇴한 사람보다 자신의 경제 상태, 사회생활, 신체 활동 수준, 생활 수준, 삶 전반에 대해 훨씬 더 만족하지 못했다. 또한 자신이 자발적 은퇴자보다 재정적으로 훨씬 더 불안하다고 평가했는데, 그 이유는 두말할 것도 없이 계획을 세울 시간도 적었고 저축과 연금 점수를 축적할 시간도 적었기 때문이었다.

전 세계의 연구에서 자신의 은퇴 시기와 조건을 선택할 수 있었던 사람들이 결과적으로 은퇴를 훨씬 더 잘했다는 사실은 전혀 놀랍지 않다. 건강 악화, 가족의 압력, 조직 내 문제 등의 은퇴 원인은 개인의 경제적 상황뿐 아니라 미래의 정신적, 신체적 복지와 관계의 질에도 모두 영향을 미칠 수 있다. 물론 이러한 것은 경향일 뿐이다. 많은 사람들은 정리 해고로부터 '회복'하며 은퇴 후의 일상생활이 스트레스가 덜하다는 것을 발견하고 더 많이 휴식을 취한 결과 은퇴 후 대체로 건강 상태가 나아진다. 우리의 연구 참가자들의 사례가 이러한 회복 탄력성의 좋은 예이다.

> 직장에서 정리 해고 되었을 때 나는 이를 그냥 받아들이기로 결정했다. 다른 구역이나 다른 주로 전보 발령이 나는 것을 원치 않았다. 매우 어렵고 받아들이기 힘든 결정이었다…… 부정적으로 들릴지 모르지만, 지금은 그렇게 스트레스가 심한 분야에서 일하지 않게 된 것이 너무나 좋다.

> 직장에서 내가 정리 해고 되었을 때 은퇴할 수 있어서 매우 운이 좋았다. 그 덕에 당시 부모님을 마지막 몇 년간 보살필 수 있었다. 내 여동생들은 여전히 일이 많아서 부모님을 보살필 시간을 내지 못했다. 동생들은 내가 이 모든 것을 맡아 준 것에 대해 매우 고마워했다. 나도 이 일을 할 수 있어서 기뻤다.

은퇴 스타일

은퇴에는 최소 세 가지 스타일이 있다.[9] 첫 번째는 전통적인 '단번에 단절'하는 방법으로, 이 상황에서는 유급 근로가 일시에 모두 끝난다. 오늘은 직장인이었지만 내일부터는 하루를 뭐하며 보낼지 찾아야 하는 은퇴자인 것이다. 이러한 스타일의 은퇴를 선택한 (혹은 해당되는) 사람들이 모두 다 '낚시나 가는' 한가로운 여가 활동으로 시간을 보내는 고정 관념적 유형에 해당되는 것은 아니다. 많은 사람들이 자원봉사를 하고, 손주들을 돌보고, 여러 모임에 가입하고, 순위를 가리는 스포츠 활동에 참가한다. 그 밖에도 여행, 정원 가꾸기, 공부, 집수리…… 목록이 끝이 없을 정도로 여러 활동을 한다. 이 그룹에서는 재직 시 가졌던 관심거리나 이전 직장과의 연계된, '직업' 정체성은 점차 희미해질 가능성이 있다. '자원봉사자', '할아버지나 할머니', '공예가' 또는 '골퍼' 등으로 다른 형태의 자기 정의가 생겨나고 강화될 것이다. 이 그룹의 위험성으로는 외로움, 권태, 사회적 고립을 들 수 있다. 계획과 준비가 없다면 시간이 느릿느릿 흘러갈 것이다.

두 번째 은퇴 스타일은 전환적 접근법인데, 이 방식에서는 정규직에서 시간제나 임시직 근로자로 점진적으로 은퇴한다. 이 전환 상태에 있는 사람들은 자신을 '은퇴한 사람'으로 규정할 어떤 명확한 시점이 존재하지 않으므로, '단번에 단절한' 은퇴자들보다 오랫동안 근로자의 정체성이 유지된다. 전문가, 학자, 그리고 자영업자들은 종종 돈을 버는 생활 패턴에서 벗어날 때 이러한 형태의 은퇴를 선택한다. 이들은 시간을 두고 직업이 아닌 관심거리와 활동을 해 보고, 실험해 보면서 서서히 은퇴한다. 이를 어느 학자는 이렇게 표현했다.

> 나는 5년에 걸쳐 일을 정규직에서 주 4일 근무로, 그리고 주 3일, 주 2일로 점차 줄여 나갔다. 이런 식으로 진행하던 프로젝트를 마치고 내가 맡은 책임을 점진적으로 인수인계할 수 있었다. 또한 나는 이 5년 동안 매주 유치원생 손주 두 명을 돌보는 날을 확실히 정할 수 있었다. 동시에 아이 돌보기에 너무 매몰되지 않을 적당한 핑곗거리도 있었다!

이러한 점진적 은퇴 모델은 자신의 일을 좋아하지만 나이가 들면서 정규직 전일제 근무가 스트레스가 되고 인생이 유한하다는 인식이 강해지는 사람들에게 많은 이점이 있다. 이 모델의 위험성으로는 직업 정체성에서 서서히 멀어지다 보니 여행이나 새로운 관계 강화를 너무 오래 지연시키는 것을 들 수 있다. 영국 최서단 랜즈 앤드Land's End에서 스코틀랜드 최북단 존 오그로츠John O'Groats까지 국토 종단 대장정이 평생 소원이었다면 80대보다는 60대에 실행하는 편이 낫다. 손주들과 더 강한 유대감을 형성하고 싶다면 손주들이 10대 또는 젊은이가 될 때까지 미루지 않는 것이 최선이다.

세 번째 은퇴 스타일은 '변혁적' 스타일이라고 부른다. 이 그룹의 은퇴는 새로운 프로젝트(또는 심지어 새로운 커리어)를 수행하는 것에서 시작되며, 이 새로운 프로젝트가 하루의 상당 부분을 채우고 새로운 정체성과 새로운 자기소개 거리를 제공한다. 가끔 이러한 일은 평생 꿈꿔 왔던 소원을 이루는 형태로 일어난다. 예로는 항상 창의성을 발휘하고 싶었으나 중년에는 시간도 경제적 여유도 없었던 사람을 들 수 있을 것이다. 은퇴를 맞이한 후 이 사람은 미술 교습을 받고, 그림 그리기 투어에 참가하고, 전시회를 연다. 전직 회계사 또는 수학 교사가 이제는 화가로 변신한 것이다.

변혁적 은퇴는 한 개인이 자신의 시간을 의미 있게 보내는 새로운 방식을 경험하고 실험할 때, 그리고 특정한 흥미나 활동이 새로운 열정이 될 때 이루어질 수 있다. 유급이건 무급이건 새로운 커리어로 열매를 맺을 수 있는 우연한 모임이나 신문 기사와 같은 일련의 일들은 이따금 은퇴자에게 단순히 우연한 발견일 수도 있다. 몇 가지 예를 들어보자.

> 은퇴하면서 갖게 된 취미인 데쿠파주decoupage(종잇조각을 오려 붙이는 미술 기법—옮긴이 주)로 인해 내가 작은 오두막 공방을 차리게 되리라고는 예상하지 못했다. 나는 그저 이 일이 좋아서 열심히 한 것뿐인데, 마침내 인근 공예 시장에서 두 차례에 걸쳐 2개월짜리와 3개월짜리 해외여행을 하기에 충분할 정도의 수익을 올릴 수 있는 수준이 되었다.

> 나는 남편과 내가 자선 사업을 시작하리라고 예상하지 못했다. 이 사업은 우리의 당초 비전을 훨씬 넘어서 진화했고 현재는 후속 프로젝트를 기획 중이다.

변혁적 은퇴자가 직면하는 문제 중 하나라면 한 번이 아닌 여러 번 은퇴해야 한다는 정도일 것이다! 사실, 이러한 여러 다른 은퇴 방식이 상호 배타적인 것은 아니다. 어떤 사람이 장기 커리어에서 완전히 은퇴하여 1년이나 2년 정도 여가 활동이나 집안일을 하다가 전일제 또는 시간제로 같은 직장이나 다른 직장에 복귀할 수도 있다. 은퇴자의 건강 상태가 좋고 일이 있는 한 융통성 있게 선택할 수 있다. 실제로 여러 연구 논문 저자들이 '은퇴하지 않는 것'이 재정 전략으로 가장 가치 있다고 이야기한다. 이는 특히 조기 은퇴 이후 재정이 예상보다 더 빨리 줄어드는 사람들에게 해당된다.

심리 특성에 따른 은퇴자 유형

상담 심리학자 낸시 슐로스베르그가 고안한 여섯 가지 범주의 은퇴자 유형 분류 체계는 일의 패턴보다는 심리적 특성과 행동 특성에 초점을 맞췄다.[10] '지속형' 은퇴자들은 은퇴 전의 관심사와 기술을 유지하여 일, 자원봉사, 취미에 활용했다. '모험형' 은퇴자들은 은퇴 후로는 이전과 전혀 다른 일을 추구하고, 여행이나 예술적 활동처럼 일하는 동안 시간이 없어 하지 못한 여가 활동을 선택했다. '탐구형' 은퇴자들은 새로운 활동을 폭넓게 실험하고 시행착오를 통해 많은 관심거리를 탐색했다. 이들에 비해 목적의식이 없는 사람들은 '이지 글라이더형'으로, 어떤 특별한 목표 없이 매일 하루가 전개되는 상황에 따라 주어지는 자유와 융통성을 즐긴다. '은둔형' 은퇴자들은 예전에 추구하던 많은 것에서 벗어나 좀 더 느슨하게 살고, 삶의 스트레스를 줄이고 싶어 하는 사람들이다. '참여적 구경꾼형'은 지속형, 모험형, 탐구형 은퇴자보다는 덜 활동적이지만 은둔형의 특성을 일부 지니면서도 주변 세계에 대해 높은 수준의 관심을 유지했다. 은퇴자의 유형이 부분적으로는 개인의 특성과 관련 있을 수 있지만 슐로스베르그가 지적한 대로 은퇴 연령, 정신 및 신체적 건강, 재정 상황, 가정 환경 같은 다른 요소에 의해서도 좌우될 가능성이 있다. 개인의 '유형'은 은퇴가 진행되고 나이가 들어가며 그에 따라 변할 수 있으므로 이들 유형을 고정된 범주로 취급해서는 안 된다.

일이라는 역할의 상실

일은 권태, 범죄, 가난이라는 세 가지 악을 물리친다.[11]

왜 생애 주기를 연구하는 심리학자들은 은퇴를 적응, 즉 어느 정도의 대응과 조절이 필요한 삶의 변화로 여길까? 누구나 일을 그만두고, 쉬고, 자기 마음대로 하고 싶어 하지 않을까? 무엇이 문제일까? 왜 이렇게들 야단법석일까?

일—특히 자신이 좋아하는 일—이 단순히 보수를 제공하는 것 이상으로 보람 있기 때문일 것이다. 물론 우리는 생계를 위해 일하지만 좋아하지 않는 일이라도 개인의 삶의 방식에 긍정적 영향을 줄 수 있다. 1933년에 이루어졌지만 현재에도 유용한 실업에 관한 유명한 한 연구는 이러한 '잠재적'(또는 덜 명백한) 고용의 기능에 관해 상술하고 있다.[12] 마리 야호다 외 연구진은 마리엔탈Marienthal이라는 오스트리아의 한 마을을 관찰했다. 당시는 주민 대부분이 고용되어 있던 기간산업이 문을 닫은 지 얼마 되지 않은 시기였다. 그 결과 지역 사회 주민 대부분이 실직을 했는데, 지역 사회가 겪는 무감각증, 우울, 절망감은 재정적 어려움으로 인한 박탈감을 훌쩍 넘어선 상태였다. 실직과 은퇴가 같은 것은 아니지만 더 이상 일로 채워지지 않는 시간을 재구성하기 위해 적극적 조치를 취할 필요가 있다는 점에서 공통점이 있다.

실제로 이 고전적인 연구는 일에 시간을 짜임새 있게 사용하도록 돕는 '잠재적' 기능이 있다는 것을 발견했다. 우리는 일 때문에 매일 아침 정해진 시간에 일어나고, 옷을 차려입고, 긴장 상태와 건강을 유지한다. 주중 일과가 끝나면 예상한 대로 제한된 여가 시간이라는 보상을 받는다. 실직자들은 자유 시간이 지나치게 많아진 것처럼 느낄 수 있으며, 한때 일이 제공했던 삶의 체계가 사라져 지루하고 목적이 없는 것처럼 느낄 수 있다. 은퇴자들에게 자신의 일에 관해 무엇이 가장 그리우냐고 질문하면 상당수가 이러한 측면에 대해 언급했다.

> 나는 내 책임과 활동이 분명히 정해져 있던 직장의 체계가 그립다.

> 아마도 [내가 그리워하는] 한 가지는 일하던 시절에는 체계

가 있었다는 것이다. 이제는 그 당시에 체계라는 것이 있었기 때문에 빈둥거리며 돌아다닐 필요가 없었다는 것을 확신하게 되었다.

사회적 접촉은 일이 가진 또 다른 주요 잠재적 기능이다. 대부분 일터에는 재미있지는 않아도 잡담을 나눌 사람들이 있다. 점점 더 보편화되어 가는 '재택근무' 현상은 집에서 일하는 근로자들이 은퇴 훨씬 이전부터 사회적 고립이라는 문제를 해결해야 한다는 의미일 수도 있다. 반면 동료와 고객을 매일 만나는 일터에는 하루 일과 안에 사회적 측면이 포함되고, 경험과 목표가 공유된다. 동료나 직장 친구들과의 상호 교류는 삶을 풍요롭게 하고, 재미를 주고, 시야를 넓히며, 생각할 거리나 집에서 친구와 가족들과 나눌 대화 주제를 제공한다. 직장에서는 사교를 위해 특별한 설정을 할 필요가 없고 하루 일과의 자연스런 일부로 사회적 교류가 일어난다. 다른 사람과의 교류를 발전시키고 유지하기 위한 의식적 노력을 하지 않을 때 은퇴자가 갖게 되는 한 가지 위험은 사회적 고립과 고독이다. 은퇴로 인한 이 중요한 결과는 5장에서 다루기로 한다.

은퇴자들은 가장 아쉬운 점 중 하나가 사회적 교류라고 응답했는데 특히 새로운 사회 집단과 교류를 시작하기도 전에 맞은 조기 은퇴의 경우에 특히 심했다.

> 나는 팀으로 일하던 때의 동료 의식이 그립다. 내가 전에 누렸던 사회적 유대 관계도 그립다.

> 처음에 나는 '팀'의 일부였던 것을 그리워했는데 시간이 가면서 직장에서의 팀이 다른 많은 사회적 '팀'으로 대체되어 더 이상 직장의 팀 환경을 그리워하지 않게 되었다.

일에 잠재하는 세 번째 기능은 집단적 목표 의식이다. (위에서 인용한 일부 응답에도 암시되어 있다.) 직장에서 팀의 일부가 된다는 것은 자신이 가치 있고 필요한 존재이며, 공동 목표에 기여하고 있다는 느낌을 준다. 이 공동 목표는 이타주의(타인을 돕는 것), 품질(아름답거나 기능적인 물품을 만드는 것), 생산(지난 달보다 매출액을 올리는 것), 경쟁(가장 수익을 많이 내는 팀이 되는 것), 또는 다른 업무적 가치 또는 여러 가치를 종합한 것과 관련이 있을 수 있다. 은퇴자들이 이러한 집단적 목표 의식을 자원봉사나 창의적인 일 또는 가족 프로젝트에서도 재설정할 수 있지만 그렇게 하려면 스스로의 동기 부여와 방향 설정이 필요하며, 이는 지속해 나가기 어려울 수 있다. 이에 관해 은퇴자들은 다음과 같이 표현한다.

> 나는 그날그날의 명확한 목표와 계획, 내 앞에 주어지는 업무가 그립다.

> [나는] 매일 공동체에 도움을 주고 사람들이 사는 방식에 영향을 주는 프로젝트를 하며 시간 보낸 것을 [그리워한다]. 이러한 것이 인생에서 더 넓은 목적의식 같은 것을 주는 것 같다.

일의 다른 기능—심지어 그저 고용 상태라는 사실—은 사람들에게 일종의 삶의 지위, 즉 '나는 화학자다' 또는 '나는 자동차 판매상이다' 같이 몇 마디로 쉽게 요약할 수 있는 정체성을 제공하는 것이다. 이는 특히 전문직과 숙련 직종에 해당된다. 일부 실업자와 은퇴자는 낙인이 찍히고 자신의 가치가 떨어진 것처럼 느낄 수도 있다. 은퇴한 블로거인

시드는 이를 '칵테일 파티 딜레마'[13]라고 부른다. 새로운 사람을 만날 때 불가피하게 발생하는 자신의 일자리 상태에 관한 질문에 어떻게 대답할 것 인가? 시드는 자신의 블로그에서 이러한 주제에 관해 토론하고 자신이 더 이상 남들에게 재미있는 존재가 아닐지도 모른다는 두려움에 관해 글을 올린다.

> 은퇴 후 나는 사람들에게 내가 은퇴했다고 말하는 것이 대화를 더 이상 이어지지 못하게 하는 효과가 있다는 것을 발견했다…… 아마도 어떤 이들은 '은퇴했다'라는 말이 실직했다는 것을 우회적으로 표현하는 것이라고 생각하는 것 같았다…… 다른 이들은 하루 종일 뭐하며 보내는지 물었는데 보통은 자신들이 은퇴한다면 권태로 인해 죽을지도 모른다는 주장을 동반했다. 그리고 공평하게 말하자면 내가 하루 종일 실제 '한' 일을 모두 기억해서 늘어놓으면 사실 좀 지루하게 들리기도 한다.

우리가 인터뷰한 은퇴한 어느 여성의 응답도 이와 같은 선상에 있다.

나는 인정과 지위가 그립다.

정체성이 그립다. 명함도 없는 나는 대체 누구인가?

마지막으로 일은 사람을 정신적, 육체적으로 활성화시킨다. 일과 관련된 주변 세계와 상호 작용하게 하고 동시에 몸과 마음을 훈련시킨다. 은퇴자는 아무런 주변 자극 없이, 목적의식 없이, 아무 재미도 없이 하루 종일 소파에 누워 TV만 보게 될 위험이 있다. 은퇴가 좀 더 느긋해지고, 휴식과 긴장 완화의 기회가 되는 것은 확실하지만 은퇴자들도 신나고, 영감을 주고, 참여하고, 타인과 연결시켜 줄 관심사와 활동이 필요하다. 어떤 사람들은 은퇴하기만 하면 바로 시작하고 싶은 흥밋거리가 있지만 다른 사람들, 특히 일 중독자들은 목적과 즐거움을 줄 새로운 열정을 찾으려면 시간과 노력이 필요하다.

어느 여성 은퇴자는 자신이 직장 생활에서 가장 그리워했던 일의 기능에 관해 이렇게 요약했다.

[나는] 동료들과의 상호 작용, 일하는 주중 시간의 체계,

> 내가 가치 있고 재미있는 무엇인가를 하고 있다는 느낌, 새로운 기술을 배우고 기존의 기술을 유지하는 것, 공동 프로젝트를 위해 동료들과 팀으로 함께하고 협력하는 것, 어딘가에 소속되어 있다는 느낌을 [그리워한다].

이상을 요약하자면, 은퇴자의 주요 심리적 도전 과제는 한때 그들의 삶을 채웠던 일의 기능을 대체할 새로운 활동과 사고방식을 찾는 것이다. 이 책 전체를 통해 우리는 이 전환을 이루는 데 더 성공적이거나 덜 성공적인 접근법과 이러한 내용에 관해 좀 더 자세히 논의한다.

은퇴 여정의 시작

이 책에서 우리는 계획과 의사 결정에서 시작해 은퇴 초기의 경험, 즐거움과 실망에 이르기까지 오늘날 은퇴자들의 여정을 따라가게 된다. 이 인생 단계에서 성공과 실패에 영향을 주는 요인을 두루 살펴볼 것이다. 특히 재정 문제에 중점을 두고 은퇴 후의 건강 유지, 사회적 연결, 정체성의 재정립에 관해 생각해 볼 것이다. 또한 여성과 남성 모두의 은퇴 경험을 다루고 유사점과 차이점을 각자의 자원과 대처 유형의 관점에서 제시한다. 나아가 어떻게 하면 성공적 은퇴를 맞을 수 있는지에 관한 질문을 다루고 최적의 은퇴 시기는 언제인가, 은퇴를 어떻게 계획할 것인가, 함정은 무엇일까 같은 질문에 관한 답을 현재 학계의 연구를 통해 제시한다.

은퇴 경험 연구에 있어 한 가지 핵심적인 문제는 연구 결과가 노화의 결과와 쉽게 혼동된다는 점이다. 예를 들어 은퇴자가 건강 상태에 변화를 보인다면 이것이 은퇴의 결과일까 아니면 노화의 결과일까? 몇몇 세심한 연구에서는 이러한 노화로 인한 효과를 (어느 정도는) 통계적으로 분리해 낼 수 있었다. 또는 나이와 사회·경제적 지위 같은 중요한 변수들을 일치시킨 상태에서 근로자와 은퇴자를 비교했다. 이 문제에 관해서는 건강과 은퇴를 다룬 장에서 논의를 이어 가겠지만 이 책을 읽는 동안 항상 명심해야 할 문제이다. 어떤 의미에서는 노화의 결과와 은퇴의 결과를 완전히 구분하기는 불가능한데 보통 이 두 가지가 함께 일어나기 때문이다.

『은퇴』는 현대의 질적, 양적 심리학 연구를 바탕으로 하며, 이러한 연구를 사회적 맥락 안으로 가져다 놓는다. 우리는 노인 집단에 관한 우리의 연구, 특히 은퇴한 호주 여성을 대상으로 한 대규모 설문 조사, 조부모 세대에 대한 발표 논문, 은퇴자 집단을 대상으로 진행한 많은 프레젠테이션에서 만난 사람들의 응답을 기반으로 이 책을 썼다. 예시를 위해 이들 자료를 자유로이 인용했으며, 이를 확장하여 다른 사회 과학 논문의 결과까지도 참고했다.

02

직장인에서 은퇴자로의 새로운 여정

은퇴는 우리가 하나의 삶의 단계에서 다음 단계로 넘어가는 동안 우리를 심리적 여정으로 이끈다. 은퇴에 이르는 물리적 전환에 걸리는 시간, 즉 직장을 떠나는 데 걸리는 시간은 이 심리적 여정에 걸리는 시간과 항상 일치하지는 않는다. 각양각색이다. 말 그대로 하룻밤 사이에 은퇴한 사람들은 계획했던 활동, 새로운 역할, 손주 돌보기 같이 직장일이 아닌 기존의 역할로 단절 없이 바로 옮겨 갈 것이다. 다른 사람들은 자신의 삶을 지탱하던 뼈대가 없어진 것 같은 느낌에 압도되어 적응하는 데 더 많은 시간이 걸릴 수도 있다. 어떤 사람들에게 점진적 은퇴는 새로운 역할에 적응하는 데 도움을 줄 것이고, 또 어떤 사람들에게는 그저 겪어야 할 과정을 길게 늘리기만 하고 어차피 일어날 과정을 지연시키는 것에 불과할 수도 있다.

은퇴와 같은 인생의 전환은 예전 삶과의 단절 과정이 포함된 발달적 변화이다. 급격하고도 불가역적 단절은 매끄럽게 진행되더라도 대처하기 어려울 수 있다. 처음으로 부모가 되는 일도 그러한 갑작스럽고도 되돌릴 수 없는 인생 전환의 한 예이다. 부모가 되는 일이 놀랍고 즐거울 수도 있지만 부침이 있고, 감정이 고조되기도 하고, 격한 감정에 압도되기도 할 것이다. 차차 시간이 지나면서 새내기 부모들은 생활 양식과 여러 가지 기대를 조정하여 '부부' 대신 '가족'으로 이루어진 새로운 현실에 적응하는 법을 배워 간다.

모든 다른 형태의 전환도 이와 마찬가지다. 우리가 새로운 존재 방식을 배우고, 지금까지와는 다른 기대와 역할에 적응해야 하기 때문이다. 은퇴를 하면 우리는 비교적 예측 가능한 존재 양식에서 미지의 영역으로 옮겨 간다. 계속 일찍 일어나 신경 써서 옷을 차려입어야 할까? 오늘 마쳐야 할 일은 무엇이고 오늘은 누구에게 말을 해야 할까? 직장 문제나 예전 직장 동료에 관심을 두지 않는다면 누군가와 이야기할 거리가 있기는 한 걸까? 이러한 여러 변화는 감정적 적응이 필요하다. 또 아무리 좋은 경우라도 방향 감각을 잃게 만들고, 최악의 경우에는 우울증에 빠지게 할 수도 있다. 아울러 우리의 태도를 바꿔야 할 수도 있는데, 예전에 은퇴자를 '유효 기간이 지난' 사람들로 여기는 고정 관념이 있었다면 특히 그렇다. 전혀 그렇지 않다고 해도, 우리의 자아의식은 인지적 재편성이 필요할 것이다. 이제 의사도 아니고, 교사, 판매원, 관리자, 택시 기사도 아니라면, 그렇다면 나는 무엇인가?

작가 쿠센(2017)은 이러한 은퇴의 여정에 전형적인 여섯 단계가 있다고 말한다.[1] 그 단계는 은퇴 계획하기, '디데이(고별의 날)', 밀월 기간, 환상 벗어나기, 방향 재설정, 하루 일과의 재설정이다. 이번 장에서는 이들 단계를 하나씩 차례로 부연 설명해 보려 한다. 물론 은퇴자 모두가 같은 경로를 밟거나, 이 수순을 밟아 가는 것은 아니라는 점을 염두에 두자. 은퇴 과정이 몇 년에 걸쳐 점진적으로 일어난 사람들은 이러한 전환을 좀 더 완만하게 겪을 수 있다. 또한 모든 은퇴자가 밀월 기간이나 환상 벗어나기 단계를 겪는 것도 아닐 것이다. 두 번째나 심지어는 세 번째로 은퇴하는 사람들 또한 이와는 다른 경험을 할 수도 있다. 강제 정리 해고와 다른 형태의 은퇴 압력은 이러한 적응을 더 어렵게 만들고 자유의사로 하는 은퇴보다 그 과정을 오래 걸리게 만든다. 이러한 예외적인 경우에도 불구하고 많은 은퇴자들은 자신의 경험이 쿠센의 단계를 밟아 간다는 것을 인식할 것이다. 자신이 겪는 일도 남들과 별반 다르지 않다는 것을 인정한다면 은퇴자가 스스로를 이해하는 데 도움이 되고, 미래의 은퇴자에게는 지침을 제공할 수 있을 것이다.

은퇴 계획하기

자신의 은퇴를 상상해 보는 일은 은퇴 계획의 선행 조건이다. 20대, 30대, 40대 시절에는 이 인생 단계에 대하여 어떻게 생각했을까? (또는 생각할까?) 아마도 은퇴와 노화에 대한 고정 관념을 혼동해, 이 시기를 단절과 쇠약의 시기라고 치부했을 것이다. 혹은 끝없는 휴가, 즉 마침내 실컷 잘 수 있고 아무 전화도 받지 않고 하루 종일 독서를 하거나 골프를 칠 수 있는 때라고 상상했을 수도 있다. 좀 더 흔하게는 급여 명세서에서 퇴직 연금 납부금이 빠져나갈 때 이따금씩 인식하는 정도를 제외하면 은퇴를 아예 생각조차 해 보지 않았을 수도 있다.

그러나 누구나 50대나 60대에 이르면 은퇴에 대한 생각이 좀 더 중요해져서 직장인들이 은퇴 후 변화에 대한 정신적 준비를 시작하는 것은 흔히 볼 수 있다. 은퇴에 대해 다른 사람들과 이야기하거나, 정보를 찾거나, 떠날 시점을 고려하고, 적절한 은퇴 전략을 개발한다. 또 재정 문제를 검토하고, 은퇴 후 생활 방식의 일부가 될 활동과 역할에 대해 생각한다. 이러한 준비는 건강한 접근법이다. 여러 연구에서는 계획을 세우는 일이 은퇴 후 삶의 적응과 만족도를 향상시킨다고 분명히 밝히고 있다. 그러나 현재 발등에 떨어진 불을 끄기에 급급한 상황에서 미래의 계획을 위한 마음가짐을 유지하는 것이 항상 쉽지만은 않다.

3장에서 상세히 다룰 재정 계획은 특히 중요하지만 애석하게도 많은 사람들이 어려워하고, 지루해하고, 불안해하는 문제이다. 미국의 한 대규모 연구에 의하면 참가자의 거의 절반이 자신들의 은퇴 후 재정 문제에 대해 계획을 세우는 것은 고사하고 생각하는 것조차 어려워하는 것으로 나타났다.[2] 설문 응답자 중 극소수만이 은퇴 후 생활비가 얼마나 들 것인지 계산해 보았거나 이 문제를 어떻게 해결할지를 알고 있었다. 그러나 이러한 종류의 계산은 은퇴의 최적기를 결정하는 데 중요한 문제이다. 1~2년만 은퇴를 연기해도 채무를 해결하고, 저축을 늘리고, 종종 사회보장 혜택과 기초 연금을 더 넉넉히 받을 수 있다. 미국의 어느 연구에 의하면 특히 여성들이 재정 계획에 대해 어쩔 줄 몰라 혼란스러워하고, 많은 수가 걱정은 하면서도 회피한다고 했다. 그러나 전혀 놀랍지 않은 일이지만, 우리의 연구뿐 아니라 다른 연구에서도 재정 계획을 세운 은퇴자들이 은퇴 후 훨씬 더 경제적으로 안정적이었으며, 재정 계획은 은퇴 후 적응과 삶의 만족도를 예측할 수 있는 가장 강력한 지표로 나타났다.

그러나 돈 문제에서만 계획이 중요한 것은 아니다. 어느 은퇴자는 다음과 같이 응답했다.

경험해 보니 충분한 정신적 준비란 불가능하다고 생각한

다. 내 생각에는 은퇴는 아기를 낳는 것과 같다. 미리 그 것에 관해 책을 읽을 수는 있지만 일단 경험을 하기 전까지는 읽은 내용이 무슨 말인지 전혀 이해하지 못한다.

어떻게 살 것인지에 대한 계획—은퇴 후 활동, 새로운 역할, 관심거리에 관해 생각해 보고 준비하는 것—도 은퇴를 대비한 준비의 또 다른 중요한 측면이다. 직장 생활의 꽉 짜인 시간에서 은퇴 후의 자유로운 시간으로 전환하는 것은 도전 과제일 수도 있다. 처음에는 휴가처럼 보일 수 있지만 한차례 자유의 세례를 만끽하고 나면 도무지 시간이 가지 않는다. 은퇴 후 첫 몇 년간을 위한 활동을 계획하고 일정한 목표를 설정하는 것이 권태와 목적 상실의 가능성을 줄이는 데 도움이 되는 전략일 것이다. 자신이 무엇을 좋아하는지 찾는 실험을 할 수도 있을 것이다. 여기서 중요하다고 여겨지는 지점은 몸과 마음을 활동적으로 유지하고 사회적 접촉을 유지하는 것으로, 이 문제는 앞으로 몇 개 장에 걸쳐 더 자세히 논의할 것이다.

우리의 연구에 참여한 은퇴자들은 생활 방식 계획에 대한 다음과 같은 많은 의견과 조언을 내놓았다.

나는 은퇴 후 뇌, 몸, 영혼을 위한 활동을 반드시 하겠다는 생각으로 은퇴를 계획했다.

[내게 시간이 더 있었다면] 남는 시간에 무엇을 할지 계획하는 데 더 시간을 할애했을 것이다.

[내게 시간이 더 있었다면] 다양한 활동을 더 계획했을 것이다. 은퇴 후 처음에는 약간 충격을 받았지만 할 일이 없다는 사실을 빨리 극복했다. 뇌를 사용할 수 있는 자원봉사를 찾았고 그것은 가치 있는 일이다.

물론 어떤 사람들은 아무 준비 없이도 매우 성공적으로 해내지만, 다른 어떤 사람들은 상황이 바뀌어서 계획했던 것을 실행할 수 없다는 사실을 알게 되기도 한다. 계획은 과정이지 일회성 활동이 아니다. 자신을 둘러싼 세상이 변했으므로 융통성이 중요하다. 위의 은퇴자들이 상기시켜 주듯 인생에서 일어나는 여러 사건은 우리의 계획을 뒤집어 버릴 수도 있다.

나는 용의주도하게 완벽한 계획을 세우는 편이다. (그러나) 인생은 그렇지 않다.

고별의 날

직장을 떠날 때 일회성 기념식을 했건 오랜 작별 과정을 거쳤건 간에 한 연구에 의하면 적어도 어떤 유형의 공공 의식으로 은퇴를 기념하는 일이 도움이 되는 것으로 나타났다.[3] 우리는 성년의 날, 결혼, 세례 같은 다른 인생의 전환은 모두 축하한다. 이러한 행사는 삶의 변화의 중요성에 대한 사회적 선언이고, 그 변화가 가족과 친구들에 의해 인정받고 받아들여지기를 바라는 열망이다. 여기에는 새로운 삶의 상태에 직면한 한 개인이 도움이 필요할 경우 지원을 바란다는 암묵적 기대가 담겨 있다. 은퇴의 경우 환송 행사는 은퇴하는 근로자에게는 동료들에게서 인정받고 동료를 인정하는 기회를 제공한다. 이 행사는 모두에게 인생의 한 단계가 끝나고 새로운 단계가 시작된다는 분명한 메시지를 보낸다.

반 덴 보가드의 연구에서는 은퇴 의식을 경험하는 것이 은퇴 후 삶의 만족도와 긍정적인 상관관계가 있다는 점을 보여 주었는데, 특히 자신이 매우 유능한 직장인이었다고 인식하고 있는 사람들의 경우가 이에 해당되었다. 그러므로 월급을 받던 삶 혹은 오랫동안 고용되어 있었던 직장에서 대미를 장식하는 것을 고려해 볼 가치가 있다. 물론 영업 사원이나 재택근무자 같이 특별한 직장 없이 일했던 사람들의 경우에는 쉽지 않다. 이 집단은 일하는 시간을 점차 줄이다가 은퇴하는 경향이 있다. 그렇다 하더라도 자신이 사업을 '단계적으로 접기'로 결정한 시점에 대해 사회적 인정을 받으면 은퇴자나 친구, 가족들이 다음 인생 단계로 나아가는 데 도움이 될 수 있다.

밀월 단계

밀월 단계는 직장인으로서 자신을 둘러싼 너무도 많은 제약과 스트레스가 이제는 없어졌다는 것을 진정으로 깨닫는 기간이다. 이 깨달음은 보통(언제나 그런 것은 아니다) 안도감이나 환희 같은 긍정적 감정을 수반한다. 은퇴자들에게 새 인생 단계에서 가장 좋은 것이 무엇인지 물으면 '자유!'라는 응답이 가장 흔했다. 이러한 응답은 종종 '하고 싶을 때 내가 원하는 것을 할 자유', '더 이상 조직화된 생활 방식으로 살지 않을 자유', '매일의 활동을 내가 통제할 자유', '내 생애 최초로 내가 하고 싶은 것은 무엇이나 할 수 있는 자유'로 표현되었다. 다른 사람들은 새로 발견한, 특히 일 관련 스트레스로부터의 자유에 초점을 맞췄다. 그 이유로는 '아무도 나에게 할 일을 지시할 사람이 없는 것', '더 이상 동료와의 갈등이 없는 것', '다른 사람들을 더 이상 관리하지 않아도 되는 것', '괴롭히는 상사로부터 벗어나는 것', '직장의 엄격한 스케줄에 맞추지 않아도 되는 자유'를 꼽았다.

갓 은퇴한 사람들이 절실히 느끼는 다른 혜택으로는 시간이 많아진 것을 꼽을 수 있다. 많은 사람들에게 이 늘어난 시간이 주는 의미는 단지 '잠을 더 자거나', '아침에 부리나케 달려 나가지 않아도 되는 것'일 수도 있고, 다른 사람들에게는 새로운 (혹은 오래 해 오던) 활동에 참여하거나 가족과 더 시간을 많이 보낼 수 있는 기회일 수도 있다. 자원봉사, 공부, 헬스, 공예, 독서, 정원 가꾸기, 여행 같은 각종 취미 등은 이제 시간이 생겼다고 느낀 은퇴자들이 언급한 여가 활동이었다.

은퇴로 인해 늘어난 시간과 자유(또는 자율성)의 신선함이 영원히 지속되지는 않는다. 어떤 은퇴자들은 금세 싫증이 난다. 연구 참여자 중에 어느 미국 여성은 이렇게 표현했다.

> 처음 3주 정도는 휴가 중인 것처럼 느꼈지만 그 후로는 더 이상 그렇게 좋지 않았다. 나는 물을 떠난 물고기처럼 허둥대고 있었다. 그래서 직장을 다니던 시절과 똑같이 하루 일과를 짜기 시작했다. 그러자 기분이 좀 나아졌다! 삶에 목적이 있는 것처럼 느껴졌다.[4]

은퇴 후 활동이나 긴 여행 또는 집수리 같은 프로젝트를 바로 준비한 (혹은 시작하게 된) 사람들은 자신에게 너무나 많은 시간이나 자유가 주어졌다는 느낌이 한참 지나서 들 수도 있다. 물론 어떤 사람들은 앞으로도 그러한 느낌이 들지 않을 수도 있지만 많은 은퇴자들에게는 앞으로 다가올 10여 년간의 삶이 의미 있고 보람 차려면 새로운 역할, 새로운 관심거리, 하루하루를 채울 새로운 방법을 찾아낼 필요가 있다는 깨달음을 얻게 된다. 이러한 깨달음 다음에는 다음 단계인 '환상 벗어나기'가 찾아온다.

환상 벗어나기

> 뭔가 힘들지만 의미 있는 일을 찾아야 해! 십자말풀이 만으로는 안 되겠어.[5]

> 그토록 '자유'를 갈망해 왔는데 4주 만에 싫증이 나다니. 이런 것이었어?

쿠센은 이 단계를 '이런 거였어', 즉 '앞으로 남은 인생 동안 이렇다'는 것을 깨닫는 시기라고 특징짓는다. 지루하고, 방향 감각을 상실한 것 같고, 목적을 상실한 것처럼 느껴질 가능성이 있다. 은퇴자는 앞으로 늙을 일만 남은 미래와 직면하고 무기력, 동기 상실, 슬픔, 그리고 심지어 우울증도 경험한다. 은퇴에 대한 환상이 깨지는 일이 여러 번 발생할 수 있는데, 다양한 프로젝트나 활동이 끝나고 다음에는 무엇을 해야 할지 모르는 시기에 일어난다. 어떤 사람들은 이를 가리켜 '은퇴 우울'이라고 불렀다.

은퇴자는 이 단계의 부정적 감정이 그들에게만 국한된 것이거나 비정상적인 것이 아니라 흔한 것이고, 전환과 변화를 경험하는 과정의 일부라는 것을 이해하면 도움이 될 것이다. 나이가 들어가면서 이러한 느낌들이 특히 더 사무칠 수 있다. 시간이 얼마 남지 않았고, 인생의 목표 중 어떤 것들은 이제 절대로 이룰 수 없고, 우리가 가졌던 목표 중 일부는 이제 더 이상 중요해 보이지 않는다는 것을 깨달아 가면서 그렇게 느낀다. 우리에게 남은 날들을 최대한 활용하기 위해 우리의 야망을 재구성할 수 있을까?

이쯤에서 발달 심리학자 에릭 에릭슨의 저서를 검토해 보는 것이 적절할 것이다. 에릭슨은 심리적 성숙이 인생의 여러 다른 단계를 거쳐 이루어지고 발전한다는 이론을 발표했다. 에릭슨은 각 인생 단계에서 제대로 기능하는 성인으로 가는 길에 이르려면 발달 상의 '위기'를 거쳐야 한다고 주장한다. 각 위기를 해결하려면 감정적 격변과 심리적 대가가 따를 수 있다. 실존적 불안을 경험하고, 우울해지고,

앞으로 어떤 삶이 펼쳐질지와 어떻게 대처해야 할지에 관해 걱정하는 것은 비단 청소년들에게만 국한된 것은 아니다. 그러한 느낌은 일생 동안, 특히 변화의 시기에 일어난다.

중년기나 그 이후 사람들에게 에릭슨은 '생산성generativity' 의식을 개발하는 것이 중요하다고 강조했다.[6] 생산적인 사람은 자신과 관련된 걱정거리에만 집중하기보다는 사회와 미래 세대에 기여하는 사람이다. 자녀를 키우는 것은 기여의 일반적 방법—그러나 유일한 방법은 아닌—이다. 일 또한 생산 노력과 후배 양성을 통해 기여하는 한 방법이다. 에릭슨의 이론에서 생산적인 것의 반대는 '침체stagnation', 즉 기여할 방법을 찾지 못하는 것이다. 자신의 생산성 의식을 개발하지 못한 사람들은 공동체와 사회 전반으로부터 단절되었다고 느끼고 자신에게만 몰두하는데, 예를 들면 노화를 불평하거나 젊어 보이려고 노력한다. 은퇴에서 '환상 벗어나기' 단계는 자신에게 몰두한 상태에서 좀 더 성숙한 성취로 나아가려는 힘든 노력의 일환으로 볼 수도 있다.

은퇴 과정에서 어떤 사람들은 손주들을 돌보며 생산적 보람을 찾을 수도 있겠지만 이러한 길이 누구에게나 열려 있는 것은 아니다. 은퇴 후에는 생산성의 '위기'가 악화될 가능성도 있는데, 이는 직장 환경에서 제공되었던 의미 있는 활동과 목표가 다른 것으로 대체되지 못하는 경우 발생한다. 이러한 생활 방식의 방향 재설정에 대해서는 앞으로 논의하기로 한다.

방향 재설정: 새로운 정체성 설정

쿠센은 이 단계에서 은퇴자들이 다음과 같은 질문을 한다고 말한다. '지금 나는 누구일까?', '현재 내 목표는 무엇일까?', '내가 아직도 어느 면에서는 쓸모가 있을까?' 에릭슨이라면 이 질문을 이렇게 표현했을 것이다. '어떻게 내 존재를 정당화할 수 있을까?' 또는 '내가 어떻게 기여할 수 있을까?' 이러한 문제를 다루는 것은 쉽지 않다. 실험, 좌절, 재협상 과정을 거쳐야 할 것이다. 예를 들면 손주들과 의미 있는 시간을 보내겠다는 기대는 실현되지 않을 수도 있고, 자원봉사를 하겠다는 의지도 실행이 어려울 수 있으며, 여행을 하겠다는 계획도 결실을 맺지 못할 수 있다. 배우자의 질병이나 죽음 같은 예기치 못한 난제에 직면할 수도 있다.

그러나 다른 새로운 활동, 여러 단체에 가입하는 것, 사람들을 만나는 것 등으로 실험하다 보면 틀림없이—일반적으로 그렇다—보람 있고 재미있을 것이다. 시간이 지나면 대부분의 은퇴자들은 좋아하는 새로운 역할과 하루를 채울 만족스런 방법을 찾는다. 다른 사람들은 이러한 해결책을 찾지 못하고 사회와 단절되어 심술 맞은 할아버지나 할머니 노릇을 하며 살아간다. 6장에서는 은퇴 후 정체성 재형성, 특히 직장에서 심각하게 일에 몰두했던 사람들의 정체성을 다시 만드는 데 필요한 도전 과제에 대해 좀 더 자세히 다루고자 한다.

하루 일과 재설정

이제까지 살펴본 바와 같이 인생의 변화에는 방향 감각 상실, 감정 기복, 실험, 좌절이 따른다. 그러나 결국에는 새로운 존재 양식에 적응한다. 몇몇 은퇴자들에게는 이러한 적응이 신속하고 즐겁게 이루어진다.

[기대했던 것보다] 더 좋다. 예전에 내가 바쁜 젊은이였을 때도 좋았고 지금의 느리고 늙은 나의 모습도 즐기고 있다.

오랫동안 정말 하고 싶었던 일들을 하고 있다! 지난 1월에는 길거리 파티를 주관했는데 그야말로 대성황을 이뤘고 내년 여름에도 할 예정이다! 나는 은퇴란 '당신'이 만들어 가기 나름이라고 '아주' 굳게 믿으며 매일매일의 자유와 선택을 '사랑'한다. 은퇴를 사랑하자.

다른 사람들에게는 더 오래 걸릴 수도 있고 예측하지 못했던 상황에 대한 적응이 필요할 수도 있다.

나는 계획보다 일찍 은퇴했다. 남편은 재정적 이유로 지금도 일하고 있기 때문에 나는 종종 함께 여행할 때를 기다리며 그냥 시간을 흘려보내는 것처럼 느낀다.

은퇴 전 나는 일중독자였는데, 지금 내가 일을 조금도 그리워하지 않는다는 사실에 놀랐다. 전반적으로 은퇴는 기대했던 것보다 더 낫다. 그러나 은퇴 초기에는 엄청난

> 양의 자원봉사로 일을 대체했다는 사실을 인정한다. 그러나 이제는 조금씩 덜어 내 은퇴 후 10년 만에 마침내, 내 인생에서 일과 삶의 균형을 이룰 수 있었다!

시간이 지나면서 대부분의 은퇴자는 새로운, 비 직업 정체성을 개발한다. 새로운 일과, 다른 사회적 세계, 재설정된 목표가 자리를 잡는다. 많은 사람들이 이 기간을 자신의 일생에서 가장 좋은 시절이라고 표현한다. 은퇴에 성공적으로 적응하는 데 영향을 주는 한 가지 요인은 떠나기에 '가장 좋은' 때를 선택하는 것이다. 다음으로 이 결정에 영향을 미치는 다양한 변수들을 살펴보기로 한다.

은퇴하기에 가장 좋은 때는 언제인가?

당신이 선택한 때

떠나기에 가장 좋은 시간은 많은 다른 요인에 따라 달라지지만 1장에서 살펴본 바와 같이 은퇴 후 만족을 예측하는 가장 큰 요소는 은퇴 시기를 자신의 조건에 맞춰 선택할 수 있는 것이다. 은퇴를 위한 재정적 계획과 생활 방식에 대한 계획을 세울 수 있는 기회의 감소만큼 예상하지 못한 정리 해고도 자존감에 타격을 입히고 다니던 직장에서 그간의 헌신이 배반당했다고 느껴지게 만든다. 마찬가지로 직장 스트레스 때문에 은퇴하는 것도 개인적 실패로 느껴질 수 있다. 설사 다니기 힘든 직장을 떠났다 하더라도 개인에게 남은 상처로 인해 은퇴자는 불안과 우울의 시기를 겪게 될 수 있다. 이러한 부정적 감정은 부수적으로 연쇄 효과를 불러 배우자, 가족, 친구들에게 부담을 주고 상황을 더 악화시킬 수 있다. 그러한 좌절을 부분적이나마 개선시킬 수 있는 요인은 두둑한 정리 해고 수당(이것을 받을 만큼 운이 좋다면), 가족과 사회 집단의 지지, 직장을 떠나 추구하고 싶었던 관심사나 목표, 좋은 건강 상태, 개인적 회복 탄력성이다.

만약 은퇴가 너무 이르거나 주변의 압력 때문에 원치 않는 은퇴를 한다고 느껴지면 이전에 익숙했던 지위나 작업 시간과는 좀 맞지 않더라도 다른 일을 찾아보는 것이 한 가지 대응 전략이 될 수 있다. 가능하다면 시간제 근무나 임시직 등의 징검다리 역할을 하는 기간이 있으면 계획할 시간도 더 벌 수 있고 은퇴라는 개념에 '익숙해'질 수 있어 은퇴로 전환하는 과정에 도움이 될 수 있다. 객관적이고 섣부른 판단을 하지 않는 상담가와 상담을 하는 것도 함께 실망을 나눌 수 있고 새로운 인생 계획을 설계할 수 있어 도움이 된다.

경제 사정이 좋을 때

이 책을 통해 여러 차례 언급했듯이 은퇴 후에도 생활 수준을 유지할 수 있는 저축 잔고와 연금을 확보한 후 은퇴할 수 있다면 은퇴 생활이 훨씬 더 만족스러울 것이다.

그렇다면 얼마가 필요한 것일까? 이 질문에 답하는 것은 쉬운 일이 아니다. 그러나 자신의 재정 상태에 근거하여 은퇴 결정 전에 안락한 생활을 유지하는 데 필요한 소득이 얼마인지에 대한 감을 잡는 것이 중요하다. 받을 수 있는 연금은 모두 합쳐 정확히 얼마일까? 현재 하루 생활비는 얼마이며 은퇴 후에는 어떻게 바뀔지 알고 있는가? 앞으로 얼마나 오래 살게 될까? 채무나 앞으로 지불해야 할 주요 경비가 있나? 은퇴 후 여행, 집수리, 기타 크게 돈이 들어갈 일에 대한 계획은 세웠나? 건강의 위기와 같이 중요하지만 예기치 못한 경비가 필요할 경우를 대비해 재정적 준비가 되어 있나? 자문해 보아야 할 또 다른 질문으로는 저축 잔고를 늘릴 필요가 있다면 시간제 근무나 임시직 일자리가 있는지, 그리고 현재 투자해 놓은 상품은 제대로 수익을 내고 있는지 등이 있다. 전반적 경제 상황은 은퇴 계획에 뚜렷한 영향을 미친다. 이는 2008년 세계 경제 위기 때 많은 사람들이 주식 시장에서 잃은 자금을 조금이라도 만회하기 위해 은퇴를 연기했던 사실로 증명된다. 자신의 재정 상태가 확실하지 않다면 재무 상담가나 믿을 만한 경제 자문에게 조언을 구하는 것도 현명한 방법이다. 자신의 재무 상태가 충분하지 않다고 생각되면 다른 직장에서 1년이나 2년 정도 더 일하는 것의 장단점도 고려해 보자. 흥미롭게도 안락한 은퇴 후 생활을 누릴 만큼 경제적 뒷받침이 되는데도 계속 일하는 사람을 흔히 찾아볼 수 있다. 이들은 일을 즐기고, 건강하다고 느끼며, 일을 계속할 동기 부여가 되어 있기 때문이다. 모든 사람의 경우가 다 같지는 않다.

건강이 말해 줄 때

은퇴 결심을 하게 되는 이유가 꼭 건강이 악화되어서는 아니다. 어떤 경우에는 건강하기 때문에 은퇴하기도 한다. 노년기에 접어들면서 사람들이 하게 되는 것 중 하나가 자신에게 시간이 얼마나 남아 있는지 추정해 보는 것이다. 인생에서 경험해 보고 이루고 싶은 것, 즉 자신의 버킷 리스트가 있다면 여기에 생각의 초점이 맞춰져 있을 수 있다. 많은 사람들이 자신이 아직 건강할 때, '너무 늦기 전에' 은퇴하고 싶다는 생각을 한다. 연구진이 만나 본 은퇴자들은 '은퇴하려면 되도록 이른 시기에, 아직 건강할 때 여행을 하라', '진정으로 하고 싶은 일을 미루지 말라'와 같이 조언했다.

신체 또는 정신 건강이 나빠져 은퇴하는 것은 물론 훨씬 덜 만족스러운 은퇴일 것이며 이 사실을 뒷받침하는 연구 결과는 넘쳐 난다. 은퇴하면 휴식을 취하고, 안정하고, 치료를 받을 기회도 더 많아지지만 전환 과정 자체가 스트레스를 줄 수 있다(지금까지 살펴본 바와 같이). 심지어 부정적 기분을 악화시킬 가능성마저 있는데 특히 당사자가 사회적으로 고립되어 있는 경우에 그렇다. 차라리 병가를 내거나, 좀 업무 부담이 덜한 자리로 이동을 요청하거나, 파트타임으로 일해야 할까? 어떤 사람들에게는 이러한 조치가 건강을 유지하거나 만성 질환의 증상을 안정시킬 수도 있다. 은퇴 과정이 점진적으로 이루어지고 사회적 지원을 통해 건강 관리뿐 아니라 근로자에서 은퇴자로의 변화가 제대로 이루어지도록 만들 수 있을 것이다.

일을 떠날 준비가 되었을 때

자신이 좋아하는 일을 한다는 것은 정말 신나는 일이다. 현재 자신이 좋아하는 일을 하고 있는 운이 좋은 사람들은 은퇴를 미룰 가능성이 더 높다. 높은 교육 수준이 늦은 은퇴와 연관성이 있는데, 아마도 교육 수준이 높은 사람들이 더 흥미롭고, 성취감을 주는 일에 종사할 가능성이 높고 업무 조건도 더 나을 가능성이 높기 때문일 것이다. 일을 위해 사는 사람들을 '일중독자'라고 하는데, 이들은 자신의 직업에서 느끼는 도전 없이 사는 삶을 상상할 수도 없다. 이들도 은퇴를 미루는 경향이 있고 은퇴로 전환하는 과정을 더 어려워 할 수 있다. 이에 관해서는 6장에서 더 자세히 다룬다.

가정사와 맞물릴 때

여성들은 남성에 비해 은퇴 이유로 가족 상황을 꼽을 가능성이 훨씬 높다. 연구에 의하면 결혼한 여성은 은퇴 날짜를 배우자의 의사에 따라 조정하여 함께 은퇴하는 경향이 있는 것으로 나타났다.[7] 서로 같이 있기를 좋아하는 부부들은 은퇴 시기를 맞출 가능성이 더 높다.[8] 우리의 연구 대상 여성 은퇴자 중 상당수가 가족 때문에 은퇴한다고 응답했는데, 그 이유 중에는 여행이나 기타 활동을 함께하면서 배우자와 시간을 더 많이 보내고 싶다는 바람이 포함되어 있었다. 어떤 응답자는 은퇴 후 생활이 얼마나 성공적이었는지에 대해 말했고, 다른 응답자들은 남편이 '하루 종일 소파를 떠나려 하지 않아서' 실망했다거나 오히려 하루 종일 둘이 같이 집에 있어서 좋은 사이가 유지되지 않았다고 응답했다. 애석하게도 일부 여성 은퇴자들은 배우자가 병이 나거나 은퇴 초기에 세상을 떠나는 바람에 계획을 수정하거나 포기해야 했다.

가정사로 인한 은퇴에서 또 다른 주요 이유는 손주를 돌보는 것이다. 미국의 대규모 종단 연구에 따르면 손주의 탄생은 여성의 은퇴 가능성을 약 8퍼센트 높이는 것으로 나타났다.[9] 우리는 손주를 돌보거나 손주와의 학령 전 유대관계를 위해 은퇴하거나 시간제 근무로 전환한 많은 할머니들과 이야기를 나누었다.

사랑하는 배우자와 재미있는 시간을 보내거나 손주들의 어린 시절을 즐기려고 은퇴한 사람과 비교해 다른 어떤 가정 사정으로 은퇴한 사람들은 극도로 스트레스를 받는다. 예를 들자면 나이 든 친척, 장애를 입은 배우자, 부모가 돌보지 못하는 손주들을 전적으로 돌보는 책임을 떠안느라 은퇴를 하는 경우가 포함된다.

가족과 더 많은 시간을 보내기 위해 은퇴했다 하더라도 관계에서 오는 스트레스가 존재할 가능성이 있다. 가정 내에서의 역할과 책임을 다시 협상하고 조정해야 할 필요가 있을 수도 있다. 은퇴하라는 가족의 압력이 힘들고 어려운 상황을 만들었다면 적응은 더 오래 걸릴 것이고 대처할 만한 자원은 부족할 것이다. 그러므로 자신이 가진 모든 선택지를 고려해 보고, 다른 사람들의 도움을 구하고, 돌봄 책임으로 인해 일종의 순교자가 되지 않는 것이 중요한데, 이에 관한 논의는 5장에서 더 상세히 하기로 한다.

직장 일 외에 다른 일이 하고 싶을 때

항상 고고학을 공부하고 싶었다. 현지 음식 배달 업체를 차리고 싶었다. 이탈리아어를 배우고 싶었다. 가족사를 쓰고 싶었다. 골프를 더 치고 싶었다. 심해 낚시를 가거나 오지 여행을 하고 싶었다. 그렇다면 은퇴 후가 바로 그러한 시간이 될 수 있다. 우리 연구 참여자 한 사람이 말했듯이 '내가 책임지고 해야 하는 일과 취미 때문에 정규직 근무가 너무 힘들어졌다!' 은퇴 사유 중 가장 만족스러운 결과를 내는 것에는 자신이 열정을 갖고 있는 관심거리와 활동을 하는 것이 포함된다. 65세에 피아노를 배우는 것처럼 목표가 완전히 결실을 맺지 못하더라도 (가능하지만 매우 어렵다) 시도하는 것만으로도 즐거울 수 있다.

그러므로 모든 사람에게 다 들어맞는 이상적 은퇴 연령 같은 것은 없다. 스스로 자신의 때를 선택하는 것, 즉 떠날 준비가 되거나 직업 정체성을 바꾸어 다른 도전을 할 준비가 되었을 때가 최적의 시기이다. 일을 그만두는 것이 일이나 가족, 건강 문제로 인한 압력 때문이 아니고, 개인의 재정 상태나 사회적 네트워크가 안락하고 유대감 있는 생활이 가능할 만큼 풍족하고, 좋아하는 흥미거리에 몰두할 수 있는 때가 가장 좋은 시기이다. 물론 인생이 언제나 이상적인 경로를 따라가는 것은 아니다. 그러나 다행인 것은 인간은 적응을 잘하는 종種이다. 또한 은퇴 결정이 모든 이에게 불가역적일 필요는 없다는 점도 주목할 만하다. 기간제 고용, 아르바이트, 또는 새로운 직장을 얻는 것 또한 바람직하며 많은 은퇴자들에게는 가능한 선택지가 많다.

03

재정적 안정 혹은 재정적 스트레스

은퇴 후에는 돈이 많이 든다. 수입은 없이 청구서만 온다.[1]

재정적 안정은 은퇴자에게 가장 중요한 문제일 것이다. 적정 은퇴 자금의 확보 여부는 은퇴자 자신뿐 아니라 지역사회 전체 차원에서도 중요한 관심사로, 전체 인구 중 비교적 크고 점차 증가하는 비중을 차지하는 집단의 재정적 어려움이 갖는 비용적 함의를 감안할 때 더욱 그렇다.

시간이 경과할수록 은퇴 후는 상당수의 은퇴자에게 재정적, 심리적 스트레스를 받는 빈곤의 시기가 될 수 있다.

실제로 많은 은퇴자가 노후에 의지할 저축이나 연금 없이 이 인생 단계로 접어든다. 나아가 은퇴 후에 남성이 여성보다 재정적으로 윤택하다. 재정적 안정이냐 불안이냐의 문제가 은퇴자들 사이에서 가장 극적인 성별 차이의 예라는 것을 알게 될 것이다.

전통적으로 은퇴 자금은 세 가지 '근간'에서 나오는데 바로 재직 중 부은 개인 퇴직 연금, 기초 연금, 저축이다. 퇴직 연금은 은퇴 후 안락한 생활을 보장하기 위해 설계되었지만 은퇴 후 수령 가능한 연금 액수를 보면 이는 사실상 불가능하다. 특히 여성의 경우 평균 수령액은 남성의 절반에 지나지 않는다. 부족한 개인 자산, 적거나 아예 없는 은퇴 대비 저축, 길어진 기대 수명으로 인해 많은 은퇴자가 은퇴 후 기초 연금을 주 소득원 또는 유일한 소득원으로 의존하게 된다. 게다가 심지어 부유한 서구 국가들에서도 기초 연금이 최소 수준의 은퇴 후 생활을 유지하는 데도 빠듯한 경우가 많다.

걱정스러운 것은 호주의 전체 은퇴자 중 약 3분의 1이 개인 퇴직 연금 없이 은퇴해 기초 연금과 저축에 생활비를 전적으로 의존한다는 점이다. 다른 어떤 나라들은 재직 중

납부하는 개인연금이 마찬가지로 적거나 아예 없는 경우도 있다. 예상되는 다른 문제는, 남성보다 일찍 은퇴하는 여성의 경우 재정 자원을 빨리 소진해 개인 퇴직 연금이 줄어들 뿐 아니라 전체 자산도 감소하는 점이다.

2016년 미국의 스타티스틱 브레인 연구소Statistic Brain Research Institute는 미 국민의 은퇴 자금에 관한 유용한 통계 자료를 발표했다. 50세의 평균 저축액은 5만 달러였고 55세에서 64세까지의 평균 순 저축액은 그보다 훨씬 더 낮았다. 예상대로 스타티스틱 브레인은 25세에 취업한 사람들 중 약 4퍼센트만이 65세 기준의 은퇴에 대비한 적정 자산을 보유한 것으로 추산했다.[2] 은퇴를 대비해 용의주도하게 저축한 사람들도 다른 요인으로 인해 총 자산이 줄어들 수 있다. 세금으로 인해 저축액이 줄어들 수도 있고, 현명하게 투자(이를 위해서는 노력과 지식이 필요하다)하지 않으면 물가 상승에 대비하지 못할 수도 있다. 지금처럼 오래 살지 못하던 시절에는 그 저축으로도 충분했을지도 모르지만 현재와 같은 상황에서 20~30년간 지내기 위해서는 훨씬 더 많은 수입이 필요하다.

최근 미국 은퇴자를 대상으로 조사한 보고서[3]에 의하면 은퇴 준비가 안 되었다고 응답한 사람들 중 거의 절반에 가까운 가구가 은퇴 대비 저축이 전혀 없는 것으로 나타났다. 유럽 경제 정책 연구소Economic Policy Institute에 의하면 전체 가구의 평균 은퇴 대비 저축은 10만 달러에 약간 못 미치는 것으로 나타났다. 그러나 저축이 전혀 없는 가구와 최상위 저축 가구가 평균을 끌어올리는 역할을 할 수 있어서 더 정확하게 추산하려면 저축의 중간 값이나 50번째에 해당하는 백 분위 수를 채택해야 한다. 미국의 전체 가구 저축 중간 값은 5000달러에 지나지 않는다.

상황이 나쁘기는 영국 은퇴자도 마찬가지여서 2017년 보고서[4]에 의하면 2017년 은퇴 예정자 일곱 명 중 한 명은 더 이상 일자리를 구할 수도 없고, 은퇴 대비 저축도 없다고 답했다. 또 2017년에 은퇴하는 사람들 11퍼센트는 기초 연금에 전적으로 의존해야 한다고 응답했다. 새로운 정액제 기초 연금에 전적으로 의존해야 하는 은퇴자들은 최저 생계비에도 훨씬 못 미치는 수입으로 살게 될 것으로 추정된다. 놀라운 일은 아니지만, 은퇴 후의 경제적 스트레스를 호소한 가구는 전체 은퇴 가구의 3분의 1이며 이들은 간신히 생계를 유지한다고 응답했다.

성별 격차

> 내 월급 전부를 남편에게 넘겨주지 말았어야 했고, 사업하는 남편의 보증도, 그 누구의 보증도 서지 말았어야 했다. 나는 47년간의 결혼 생활 동안 재정적으로 무능력자였던 것을 후회한다. 은퇴하자마자 내 인생은 뚜렷하게 내리막을 타기 시작했다—나는 연금으로 겨우 살아간다.

성별 격차는 은퇴 후 여성이 남성보다 경제 자원이 더 빈약해지는 주요 동인이다. 대부분의 은퇴 소득 시스템은 여성과 남성의 다른 근로 패턴을 감안하지 않고 직장 생활 내내 휴직 기간 없이 전일제 근무를 한 사람에게 유리하게 되어 있다. 이러한 패턴에 맞지 않는 사람은 은퇴를 대비하여 저축할 때 심각한 불이익을 당한다.

일, 가족, 사회적 요소가 서로 연관되어 보수 격차에 영향을 주는 여러 요인으로 작용한다. 여성은 일반적으로 남성보다 직장에서는 보수가 적은 직책에 배정되고, 보수가 더 적은 직업에 종사한다. 또한 남성보다 시간제 근무나 임시직 형태로 일할 가능성이 더 높고, 육아나 무보수로 가족 내 타인을 돌보기 위해 휴직할 가능성이 더 높다. 주로 이러한 책임으로 인해 여성들은 직장 일에 매진하기 불안한 상황이 되어 종종 임시직으로 일하게 된다. 게다가 최근까지도 기술자, 조종사, 엔지니어, 트럭 운전사 같이 이전에 남성의 전유물이었던 영역에서는 여성을 받아들이지 않는 직·간접적 차별이 여전히 존재한다.

이러한 현상에 대해 가장 흔히 인용되는 예는 주요 공기업의 회장이나 CEO 자리에서 나타나는 성별 격차이다. 여성 특유의 업무 패턴에 대한 이해를 포함하여, 기업 주식 정책 및 정부 정책 담당자에 대한 영향력과 같은 역할을 감안할 때 여성들이 이 점에 관해서는 심각하게 불리하다고 말할 수 있다.

각국 고위 임원의 급여 조사에서 여성 대상자는 거의 찾아보기 힘들었다. 미국에서 S&P 500(스탠더드 앤드 푸어스 Standard&Poor's 500) 지수는 대표적 주식 지표로 인정된다. 현재 이들 기업 중 29개 기업(5.8퍼센트)의 CEO가 여성이다. 2012년 호주에서 호주 증권 거래소에 상장된 200대 기업의 최고위급 임원 명단에는 여성이 거의 올라 있지 않았다. 여섯 개 회사 이사회(3퍼센트) 의장이 여성이었고, 일곱 개

기업의 CEO가 여성(3.5퍼센트)이었다. (재미있지만 본질이 드러나는 일화로, 200개 기업 중 '피터'나 '존'이라는 이름을 가진 남성이 CEO일 확률은 여성이 CEO일 확률보다 세 배나 높았다). 유럽연합에서도 이와 비슷한 자료를 얻을 수 있으나 브렉시트로 인해 영국에서는 변화가 생길 수도 있다. 이사회에서 적어도 4분의 1이 여성인 나라는 프랑스, 라트비아, 핀란드, 스웨덴, 영국, 덴마크, 이탈리아, 독일의 여덟 개 나라였다.[5]

급여의 성별 격차를 좀 더 광범위하게 살펴보자. 2014년 OECD 보고서에 의하면 여성과 남성의 평균 임금 차이는 벨기에의 3.3퍼센트에서 대한민국의 36.7퍼센트까지 극적인 차이를 보였다. 영국, 미국, 호주, 독일을 포함한 대부분의 서구 국가는 약 17~19퍼센트의 차이를 보였다. 여성의 급여가 남성보다 높은 나라는 한 곳도 없었다. 미국의 여성 평균 연봉은 남성 평균의 약 80퍼센트 수준으로 나타났다.[6]

평생 축적한 자산(자산의 성별 격차)을 살펴보면 상황은 더 나쁘다. 여성이 남성에 비해 더 나쁜 처우를 받는 것은 전혀 예상 밖의 일이 아니다. 여성은 남성보다 총 자산이 적을 뿐 아니라 자산의 유형도 다양하지 않았고, 자산도 남성에 비해 가족이 사는 집 내에 분포했다. 사실상 가족이 거주하는 집이 많은 여성에게는 주요 자산 형태였다. 자산의 성별 격차에 기여하는 다른 요인은 여성이 남성에 비해 일찍 은퇴한다는 점이었다. 이른 은퇴는 재정 자원의 고갈로 이어지기 쉬운 반면 늦게 은퇴하면 급여, 직장 의료 보험, 개인연금 보험을 포함하여 분명한 경제적 혜택이 있다. 이러한 재정적 혜택은 급속히 불어나는데, 예를 들면 미국 근로자의 경우 2년만 더 일해도 은퇴 자산을 상당히 보전할 수 있다는 사실을 알 수 있다.

재정 계획

> 나는 베짱이다. 돈이 들어오는 족족 써 버리는 삶을 살았다. 저축이나 계획은 하지 않았다.

> 나는 재정적 수완가가 되는 것에 대해 품었던 나의 이상을 실천했다. 나는 내 인생 대부분을 재정적 수완가로 살

> 았다. 젊은 시절에 매우 훌륭한 세미나에 참석했는데 그 곳에서 재정적 실용 지식을 얻을 수 있었기 때문이다.

첫째로 인용한 것이 여성의 글이고 둘째는 남성의 글이라는 것을 알게 되면 놀라운가? 굳이 고정 관념을 강화하고자 하는 생각 없이도 이 인용문은 은퇴 대비 재정 계획에 있어서 많은 여성과 남성의 차이점을 간명히 표현한다. 많은 연구에 의하면 여성들의 은퇴 계획은 재정적 안정에 관한 그들의 우려와 잘 들어맞지 않는다. 몇몇 연구에서 여성의 거의 두 배에 달하는 남성들이 가정에서 재정 계획과 은퇴 계획을 주로 자신이 책임지고 있다고 응답했다.

흥미롭게도 미국 전체를 대상으로 한 최근 연구에서 대부분의 은퇴자, 그리고 남성보다는 여성이 자신의 투자 관리, 특히 예산 편성 같은 은퇴 계획의 특수한 측면에 전문적 도움을 받기 원했다.[7] 또한 자신들의 전반적 재정 '건전성'에 대해 도움을 받고 싶다는 요구가 상당했다. 왜 계획이 부족하고 외부의 도움이 필요한 것일까?

금융 이해력

금융 이해력을 측정하는 가장 흔한 방법, 그리고 전체는 아니지만 대부분의 금융 관련 주제의 연구에서 사용되는 방법은 이자, 인플레이션, 위험 분산에 관한 세 가지 질문으로 구성된다.[8] 비록 제한된 측정 방법이긴 하지만 이 질문들은 저축과 투자 결정과 가장 밀접하게 관련된 개념을 다룬다.

1. **이자율 질문** 예금 계좌에 100달러가 있고, 이자는 연 2퍼센트라고 가정해 보자. 그 돈을 계좌에 그대로 넣어 둔다면 5년 후에는 얼마가 될 것이라고 생각하는가?
   - 102달러 이상; 정확히 102달러; 102달러 이하; 모름; 응답 거부.
2. **인플레이션 질문** 예금 계좌당 이자가 1퍼센트이고 인플레이션이 연 2퍼센트라고 가정해 보자. 일 년 후에 이 계좌에 있는 돈으로 얼마만큼을 살 수 있을까?
   - 오늘보다 많이; 원래와 똑같이; 오늘보다 적게; 모름; 응답 거부.

3. **위험 분산 질문** 이 말이 참인지 거짓인지 이야기해 보자. '보통 단일 회사의 주식을 사는 것이 뮤추얼 펀드(간접 투자 상품—옮긴이 주)를 사는 것보다 더 안전하다' – 참; 거짓; 모름; 응답 거부.

여러분도 위의 질문을 통해 자신의 금융 이해력 수준을 스스로 진단해 볼 수 있을 것이다![9]

재정적 안정을 꾀하고 유지하는 데 금융 이해력이 중요하다는 증거는 넘쳐 난다. 불행하게도 많은 사람들이 저축에 어려움을 느끼는 주요 원인은 현명하게 투자할 수 있는 역량을 가로막는, 상대적으로 부족한 금융 이해력이다. 전 세계적으로 조사된 자료에 따르면 금융 이해력 수준은 대부분의 국가에서 낮았으며, 남성보다 여성이 더 낮았다. 이러한 성별 격차는 국가를 막론하고 여러 연구에서 확인된다. 여러 나라를 대상으로 연구하는 세계 금융 이해력 증진센터Global Financial Literary Excellence Center의 2017년 보고서에 의하면 성인 전체의 3분의 1만이 '적절한' 수준의 금융 이해력을 보였으며 그중 여성의 비율은 남성보다 낮았다.[10] 금융 이해력 연구를 검토한 종합 보고서에 따르면 여성들,

특히 미혼이거나 홀로 된 여성들의 금융 이해력은 소위 '심각한' 수준이었다.

그렇다면 금융을 이해하는 것이 왜 중요할까? 금융 이해력이 재정적 행위와 상태에 긍정적 영향을 미친다는 점에는 상당수가 동의한다. 금융 이해력이 있는 사람들은 그렇지 않은 사람들보다 예산 세우기, 저축, 은퇴 계획 세우기 등의 일련의 금융 행위에서 그렇지 않은 사람들보다 더 뛰어났다. 금융 이해력과 중요한 재정적 결정이 서로 관련 있다는 사실은 여성이 은퇴 계획 수립과 은퇴 자산 축적 면에서 특히 불리하다는 것을 의미한다.

재정적 위험

은퇴 자산을 늘리는 데 두 번째로 중요한 요인은 '재정적으로 위험한 결정을 어느 정도로 쉽게 내리는가'이다. 보수적 결정에는 위험 부담이 거의 없는 저축과 투자가 포함되는데, 예를 들면 금리가 낮지만 안전한 은행에 저축을 하거나 주식에서는 우량주만 매입하는 것이다. 이러한 조심스런 행위가 상대적으로 안전하기는 하지만 종종 총 은퇴 자산의 증가 추세가 물가 상승을 따라가지 못할 수도 있다. 은퇴 대비용 저축의 이자가 연 2퍼센트인데 식비와 주거비가 같은 기간에 5퍼센트가 오른다면 여러분은 재정적으로 적자다. 다른 한편으로, 고위험 투자 전략은 투자자를 흥하게도 망하게도 할 수 있다. 이들 전략은 자산이 많거나 철저한 사전 연구가 선행되지 않은 경우 신중을 기해 활용해야 한다.

금융 전문가들이 가장 효과적 장기 투자 전략이라고 권하는 것은 중간 정도의 재정적 위험이 있는 투자로, 이 전략에는 자산을 분산시키는 방법이 포함된다. 이렇게 하면 위험이 다른 다양한 선택지, 각기 다른 위험도로 나뉘어져 계란을 한 바구니에 모두 담는 것을 피할 수 있다. 이러한 전략은 상대적으로 안전성을 유지하면서도 물가 상승을 따라잡을 수 있는 투자를 가능하게 할 것이다.

재정 위험 회피란 저위험 투자 전략에 과도하게 의존하는 것을 말한다. 단기적으로는 현명하지만 은퇴를 대비하기 위한 저축이라는 장기적 관점에서 보면 위험 회피 투자는 은퇴 자산의 수준을 더 낮추는 결과를 초래한다. 여러 연구에서 위험 회피를 연구 주제로 삼아 왔는데 여성의 위험 회피 경향이 남성보다 심각하게 높다는 결과가 나왔다. 낮은 금융 이해력에 더해 재직 기간 내내 이어진 금융 투자에 대한 위험 회피적 태도로 인해 여성은 남성에 비해 재정적으로 불리한 입장에 처하게 되며, 은퇴 이전이나 은퇴 이후 자신에게 가장 유리한 재정적 결정을 내리지 못하거나 시도조차 못할 수 있다. 이러한 남성과 여성의 차이에 관한 이전 연구 이래로 상황은 조금도 바뀌지 않았지만 현재의 연구는 이러한 차이가 존재한다는 사실보다는 그 이유에 더 관심을 갖는 경향이 있다.

왜 여성이 남성보다 더 위험을 회피할까? 성별에 따른 부의 불평등과 이러한 불평등에 영향을 미치는 각기 다른 역할과 관련이 있다고 설명할 수 있다. 불평등에는 노동과 여신 시장, 투자 조언, 투자 의사 결정에 관한 정보에서의 성차별이 포함된다. 수입이 적을 경우 재정적 위험으로 인해 잃을 것은 많고, 전체적인 것을 고려할 때 얻는 것은 거의 없는 것처럼 보일 수 있다.

'장난 삼아' 그러나 증거에 바탕을 둔 접근법을 취해, 어느 선임 경제 전문가는 은퇴 후 재정 안정 향상을 위해 흔

히 여성들에게 주는 조언을 자신의 논평을 붙여 다음과 같이 재구성했다.[12]

1. 복지 관련 직업에 종사하지 말라. 절대 하지 말라. 임금이 낮은 일을 '고른'다면 절대 남성의 퇴직 연금 정부 보조금 수준과 같아질 수 없을 것이다.
2. 절대로 아이들을 돌보기 위해 노동 시장에서 이탈하지 말라. 복리 이자의 비범함을 이해한다면 젊은 시절 더 많이 저축할수록 나이 들었을 때 더 많이 갖게 된다는 것을 알게 될 것이다. 그러므로 5년에서 10년의 육아 휴직을 스스로 '선택'했다면 나중에 자신의 연금이 다른 사람보다 적다고 불평하지 말라.
3. 나이가 들어서는 부모나 시부모를 돌보느라 휴직하지 말라. 절대 하지 말라.
4. 그리고 이 모두를 요약하면 이렇다: 그냥 남자가 돼라.

아마도 이 마지막 조언은 익명의 설문 참여자 중 한 명에게 주는 조언일 것이다. 다르게 행동할 수 있었다면 어떻게 했을지를 묻는 질문에 많은 여성은 재정 문제에 관해 부정적인 말을 상세하게 적었다.

> 나는 일하는 동안 휴직을 하지 않도록 노력했을 것이다. 그랬다면 퇴직 연금에 좀 더 도움이 됐을 것이다. 퇴직 연금의 정부 보조금(연금 보험 가입 액 1달러당 정부가 0.5달러를, 연간 최대 500달러까지 추가로 지원해 주는 제도—옮긴이 주)을 받을 수 있을 만큼 더 오래 연금을 불입할 수도 있었을 것이다. (내가 처음 일을 시작하던 시절에는 정부 보조금 제도가 없었다.) 퇴직 전에 금융 투자에 관해 좀 더 알아봤을 것이다. 부동산 시장에 좀 더 일찍 투자하기 위해 미리 자금을 마련했을 것이다. (일을 시작한 초기 대부분 동안, 나는 외벌이 싱글 맘이었던 탓에 월급을 받는 족족 다 쓸 수밖에 없었다.)

은퇴 후 안락한 생활에 주는 금융 계획의 분명한 혜택을 감안한다면 정책 입안자들의 임무는 직장인들이 은퇴하기 훨씬 전부터 현명하게 계획을 세우도록 격려하고 지원하는 것이다.

> 가난해질 것이라고 예상한다. 나는 사실상 노숙인이 될 수도 있다.

재정적 스트레스는 은퇴자에게 많은 부정적 결과를 초래할 수 있으며 생활의 심각한 변화를 요구하거나 실제 변화로 이어진다. 이러한 변화 중에서도 특히 자신이 살던 집을 떠나야 하는 상황은 매우 중대한 결과이다. 적어도 한 연구에 의하면 중년 후반에 일을 하거나 은퇴한 사람들은 나이가 들어도 자신의 집에 계속 거주할 것으로 예상되는 반면, 재정적 스트레스 상황에 처한 은퇴자들은 종종 그렇지 못하는 경우도 있다. 가족이 살 집을 계속 유지하는 데는 비용이 많이 들기 때문에 일부 은퇴자는 집을 유지하는 것이 자신들의 제한된 재정 자원을 초과해 문제가 된다. 다른 집을 구해야 하는 일이 재정적 스트레스가 아닌 (건강 악화, 심각한 만성 질병 또는 배우자 사별 같이) 다른 여러 요인 때문일 수도 있지만, 은퇴 후 수입이 없는 것이 더 싼 집을 구하는 주요 요인이 된다. 이러한 상황은 재정 상황에 도움이 될 배우자의 수입이 없는 (그리고 전에도 없었던) 미혼 여성 은퇴자의 경우에 특히 절박하다. 어느 여성의 말처럼 '나는 내 수입의 약 70퍼센트를 집세로 내고 있는데, 연금을 모두 집세로 지출하는 셈이었다.' 은퇴 후 재정이 빈약한 사람들조차 점점 더 비싸지는 개인 주택 월세 시장에서 살아남기 위해서는 달리 방도가 없다.

> 전에는 혼자서 월셋집에 살았지만 치솟는 월세를 더 이상 감당할 수 없어 파킨슨병을 앓고 있는 친구 집으로 들어가 같이 살게 되었다. 그 친구와 같이 사는 일은 삶의 활력을 주거나 즐거움을 주지 않았다. 나는 돈을 아끼기 위해 할 수 없이 그렇게 살았지만 다른 사람들에게는 절대로 이런 선택을 하지 말라고 확실히 말할 수 있다.

주택을 임대해 사는 은퇴자는 위에서 인용한 사례처럼 적당한 가격에 알맞은 집을 찾는 것이 어려울 뿐 아니라 은퇴와 함께 살던 집의 거주 보장권을 상실할 위험이 있다.

그렇다면 은퇴 전 살던 집에 계속 살지 못한다면 은퇴자들에게는 어떤 선택지가 있을까? '은퇴자 마을'로 이주하는 것이 흔한 선택이긴 하지만 여기에 드는 비용에 대해 심각한 문제가 제기되어 왔다. 다른 대안은 더 작은 집으로 이사하거나 집값이 싼 지역으로 이사하는 것이다. 이 두 방법 모두 재정적 상황은 좀 나아지게 만들 수 있지만 아는 이웃들과 헤어져야 하고, 새로운 사회관계망을 개척해야 하는 것과 같은 힘든 결과를 가져온다. 자녀들(그리고 손주들) 집에서 함께 사는 것도 재정적 문제의 또 다른 해결 방법이지만 불화가 따를 수 있다. 여러 세대가 함께 사는 것은 비용을 아낄 수 있지만, 각자가 부담하는 비용이 합리적이지 않다고 인식되면 이를 둘러싼 분쟁이 흔히 발생한다. 은퇴자들은 자신의 독립성을 포기하는 것을 어려워할 수도 있고, 가족의 규칙을 지키느라 초조해질 수도 있다. 이러한 문제는 가족이 가까이 살아 안심이 되고 상당한 비용을 절감하면서도 동시에 독립된 생활이 보장되는 '노인 가족용 별채'와 같이 각 가족의 별도 공간이 있으면 극복할 수 있다. 어떤 선택을 하던 은퇴 후 자신이 살던 집을 떠나게 되면 얻는 것뿐 아니라 잃는 것도 있다. 그리고 재정 상황이 아주 나쁜 은퇴자는 결국 노숙자가 될 수도 있다.

사기를 조심하라: 재정적 함정

은퇴자와 다른 노인들에게 발생하는 너무나도 흔한 문제 중 하나는 쉽게 돈을 벌 수 있다고 하면 기꺼이 재정적 위험을 무릅쓰는 것이다. 이러한 재정적 학대에 얼마나 많은 사람들이 영향을 받았는지 알 수는 없지만 노령 인구 네 명 중 한 명이 사기를 당하는 것으로 추산된다. 이미 알고 있듯이 특히 여성들은 위험을 회피하는 경향이 강한데 왜 이러한 일이 생길까?

대부분은 나이지리아 국제 금융 사기에 대해 잘 알고 있을 것이다. 이 사기 수법은 지금 돈을 투자하면 어느 특정 시점에 상당한 이익을 얻게 된다며 피해자들의 돈을 편취한 것이다. 이러한 사기와 부정직한 계략이 도처에 넘쳐 나는데 불행하게도 사기꾼들은 재정적으로나 다른 면으로 취약한 사람들을 노린다. 노인들을 대상으로 한 금융 사기는 요즘 너무나 만연해서 어느 보고서에 따르면 '21세기의 범죄'로 여겨지고 있다. 은퇴자들이 겪은 사기 사건만 따로 조사한 자료는 없지만 점점 늘어나는 은퇴자 집단도 이러한 착취에 취약하다.

금융 사기에는 여러 유형이 있을 수 있다. 아마 가장 흔한 형태는 사기꾼들이 나이 든 사람들에게 가짜 전화 판매 수법을 쓰는 것이다. 노인들은 국가 전체 평균보다 두 배나 더 많이 전화로 상품을 구매하는 집단이다. 어떤 사기꾼들은 인터넷을 사용하기도 하고 또 다른 경우에는 개별 가정 방문을 선호하기도 한다. 인터넷은 어느 나이 대나 접근하기 좋은 기술이지만 많은 노인들은 이를 어려워하여 웹과 이메일 프로그램에 산재하는 자동화된 인터넷 사기의 손쉬운 희생양이 된다. 노인들은 웹 검색의 보이지 않는 측면(예를 들면 방화벽 및 설치된 바이러스 보호 기능)에 익숙하지 못하므로 특히 인터넷 금융 사기에 취약하다. 예를 들면 사기꾼들이 합법적 기업이나 기관에서 발송된 것처럼 보이는 이메일 메시지를 보내 노인들에게 개인 정보를 '업데이트'하거나 '확인'하라고 요구한다.

다른 사기 유형은 투자 사기이다. 투자 사기에서는 전망이 의심스러운 금융 기회를 믿고 돈을 투자하도록 투자자를 설득한다. 일단 은퇴한 후에는 많은 은퇴자가 은퇴 계획을 세우고 저축을 관리하기 때문에 투자 사기는 자신들의 노후 대비 자금을 더 확보하려고 모색하는 중·장년들을 노린다. 피라미드식 사기에서 경제학자들조차 이해하지 못하는 복잡한 금융 상품에 이르기까지 투자 사기는 오래전부터 성공적으로 노인들을 속여 돈을 편취하는 방법이었다.

방문 판매 사기와 집수리 관련 사기는 금융 사기의 마지막 예이다. 많은 합법적 기업들이 방문 판매로 물건을 팔지만 사기꾼들도 이 접근법을 사용한다. 이러한 유형의 사기는 보통 질 나쁜 상품 또는 서비스를 판촉하거나, 아니면 돈만 받고 아예 아무런 상품을 배달하지 않는 경우도 있다. 양심 없는 업자들은 피해자에게 각종 집수리가 시급하다고 믿게 만든다. 그러고 나서 바가지를 씌우거나 수리가 채 끝나기도 전에 돈을 받고 사라진다.

사기 피해가 의심된다면

믿을 수 있는 사람에게 자신이 사기를 당했음을 알린다. 두려워하거나 당황하지 말자. 다른 사람들도 비슷한 경험을 했을 수도 있고, 도움을 줄 수 있는 사람들과 기관이 있다.

만약 아무런 행동도 하지 않는다면 또 다른 사기에 노출될 수도 있고, 적어도 그 사기꾼들이 다른 사람에게 다시 사기 칠 기회를 주게 된다. 지역 경찰과 거래 은행을 포함하여 필요할 때 연락할 수 있는 전화번호와 활용 가능한 자원을 항상 가까이 준비해 두자. 최선의 사기 예방책은 사기꾼들이 어떻게 작업을 하는지 숙지하는 것이다. 압박받는 상태에서 의사 결정을 하지 말고, 공식적인 절차처럼 보이더라도 돈을 요구하는 행위는 일단 의심하자. 관련 기관에 직접 전화하여 전화를 건 사람의 신원을 확인하자. 금융 자문이나 기회를 제공한다는 전화를 받거나 이메일을 확인하지 말자. 상속받는 법이나 경품을 받는 방법을 자문해 주는 예기치 않은 이메일이나 편지를 의심하자. 그리고 중요한 것으로 소비자 권리를 숙지하고 이해하자.

노인 대상 재정적 학대

어떤 경우에는 사기로 여겨지지만 노인을 대상으로 한 재정적 학대는 사기처럼 모르는 사람들이 자행하는 것이 아니라 노인들이 믿고 잘 아는 사람들, 보통 가족의 일원이 저지른다. 비록 노인 학대의 한 측면에 지나지 않지만 재정적 학대는 기대 수명과 주거비가 증가하면서 서구 국가들에서 가장 흔하고 증가 추세를 보이는 현상이다. 어떤 사람들은 이러한 현상을 '상속 조급증'이라고 부른다. 성인이 된 자녀는 주택을 구입할 수 없는 자신의 형편이나 다른 생활의 측면 때문에 좌절감을 느낄 수 있는데, 이때 자신의 부모에 대해 이렇게 인식할 수 있다. 가족의 집 같은 중요한 자원을 '깔고 앉아' 있으면서 유산을 은퇴 후 여가 활동에 '낭비'나 한다. 또 자녀에게 재산을 불공평하게 분배하는 것도 모자라 심지어 유산을 자선 단체에 기부하겠다는 협박까지 한다고 생각하는 것이다. 노인 대상 재정적 학대의 희생자는 혼자 살고, 사회적으로 고립되고, 인지 장애를 가지고 있거나, 가족 구성원에게 돌봄을 받는 노인들이다. 최악의 경우에는 노인을 감언이설로 꾀거나 속임수를 써서 살고 있는 집을 팔게 만들고, 유언장을 변경하게 하거나, 재산 수준에 비해 불필요할 정도로 생활 수준을 제한시키기도 한다. 이러한 형태의 학대는 심각한 심리적 영향을 미친다. 그도 그럴 것이 믿을 수 있다고 생각했던 가족 구성원이 자신을 실망시키면 노인들은 심각한 충격을 받을 수 있다. 또한 주변 사람들을 믿을 수 없기 때문에 고독감을 느낀다.

호주의 '노인 권리Senior Right'와 영국의 '노인 학대 방지Action on Elder Abuse' 같은 기구를 통해 노인 학대 피해자는 상담과 지원을 받을 수 있다. 은퇴 초기에 성인 자녀들과 가정 경제에 관해 함께 토론하고, 법적 효력이 있는 유언장을 작성하고, 공증 변호사를 선임하고(그리고 제대로 된 변호사를 선정하고), 자신이 (혹은 다른 가족 구성원이) 경제적 학대를 받고 있다고 의심되는 것을 발견했을 때 초기에 조치를 취하는 것 등이 이러한 상처가 되는 경험의 경제적, 감정적, 심리적 충격을 줄일 수 있는 전략이다.

재정적 안정 또는 재정적 스트레스?

우리가 이번 장 도입부에서 제기한 질문에 대한 답은 무엇일까? 모든 은퇴자가 재정적 스트레스, 그리고 은퇴 후 잠재적 빈곤에 직면하는 것은 아니다. 어떤 사람들은 은퇴 후 오랫동안 견딜 수 있는 여러 형태의 저축을 확보해 둔다. 그러나 많은 은퇴자들은 남은 세월 동안 어떻게 살아남을지 걱정하고 있는 자신을 발견하게 된다. 어떤 사람들은 얼마 안 되는 자산을 가지고 있을 수도 있고 다른 사람들은 전적으로 (보통은 부족한) 연금에만 의존할 수도 있다. 우리는 여성, 특히 독신 여성이 더욱 취약한 상황에 처해 있다는 것을 알 수 있었다. 이는 일하는 내내 남성에 비해 낮은 임금을 받은데다, 육아 및 가족 돌보기 같은 요인이 초래한 불안정한 경력에 따른 결과이다.

성별에 따른 임금 격차를 변화시키고, 많은 은퇴자에게 은퇴 후가 재정적 스트레스에 시달리는 인생 단계가 되지 않도록 하는 정책을 수립할 필요가 분명하다. 각국의 연금 정책에 관한 OECD 자료를 살펴보면 한 가지 정책이 모든 경우에 다 들어맞지는 않으며, 정책은 각 나라의 인구 분포와 재정 자원에 맞춰 세워져야 한다는 것이 명백하다. 이제까지 밝혀진 주요 관심사에는 은퇴 연령 상향 조정, 연금 체계의 재정적 지속 가능성 보장, 저소득 근로자를 위한 안전망 제공이 포함된다. OECD 사무총장 앙헬 구리아는 연금 정책에 관해 다음과 같이 결론짓는다.

(노령 인구를) 재정적으로나 사회적으로 책임을 지는 추가 개혁이 이루어져야 한다. 미래에 노령 인구의 가난이 재부상하는 위험을 무릅쓸 수는 없다. 이러한 위험은 많은 나라에서 소득 불균형 확대로 인해 점차 고조되고 있으며 은퇴 후의 더 큰 불평등으로 파급될 것이다.[13]

04

은퇴가 건강에 도움이 될까?

오랫동안 열심히 일했고 이제 은퇴한다. 그 모든 스트레스 요인은 사라졌다! 꽉 짜인 하루 일과도 사라졌다! 하루 안에 모두 처리하려고 애썼던 그 많던 업무도 사라졌다! 이러한 모든 변화가 당신의 건강과 기대 수명에는 어떻게 영향을 미칠까?

이것은 복잡한 문제다. 일을 하다가 그만두면 매일의 일과와 관련된 모든 것들이 변한다. 좀 더 느긋해질 수도 있고 생활이 전체적으로 느려질 수도 있다. 일 관련 스트레스가 없어지는 것은 큰 위안이고 건강에 도움이 되지만, 매일

매일의 체계와 직장의 인간관계가 없어지는 것은 스트레스가 되고 건강에 해롭다. 실제로 은퇴는 인생에서 가장 스트레스를 주는 사건 목록에서 10위를 차지했다. 은퇴가 건강에 어떻게 영향을 끼치는지 예측하는 것은 극도로 어렵다. 그 이유는 은퇴가 노화와 함께 진행되고 은퇴자 대부분은 현직에 종사하는 사람들보다 더 나이가 많기 때문이다. 그러므로 은퇴의 결과라고 보일 수 있는 것이 그저 노화과정의 일부일 수 있다. 노동을 하고자 하는 욕구의 변화 추세, 인구의 노령화, 건강 관리 비용 증가를 감안할 때 은퇴와 건강의 관계는 중요하게 고려되어야 한다.

앞서 우리는 20세기 이후로 기대 수명이 극적으로 증가하고 그에 따라 은퇴 후 더 긴 시간을 보내야 한다는 점에 주목했다. 지난 세기 동안 기대 수명의 괄목할 만한 연장은 주요 질병과 사망 원인 변화에 일조했다. 현재 기대 수명 증가에 기여한 요인으로 의학의 발전을 꼽는 연구가 상당히 많은데, 여기에는 전염성 질병에서 만성적이고 비 감염성인 질병과 장애를 일으키는 질병으로 변화한 유형이 포함된다.[1]

심지어 임금이 낮은 국가에서도 노인들 대부분이 감염

성 질병이 아닌 심혈관 질환, 암, 당뇨로 사망한다. 수명 연장으로 인한 한 가지 주요 건강 문제는 치매의 증가이다. 치매는 건강 보험 체계, 장기 요양, 가족 구성원의 삶의 질, 특히 주보호자에게 상당한 부담을 준다. 세계 보건 기구는 치매의 위험은 나이를 먹을수록 급격히 높아져 85세 이상 인구의 약 25~30퍼센트가 치매 증상을 보이는 것으로 추산했다.

우리는 건강과 은퇴에 대해 무엇을 알고 있을까? 직장을 떠나는 것이 우리에게 좋을까, 나쁠까? 연구에 의하면 은퇴 후 정신 건강 문제에 비해 신체적 건강 문제는 상대적으로 빈번하다. 이 현상이 은퇴 자체보다는 노화와 연관성이 있다는 점을 감안해도 그렇다. 그러므로 신체 건강을 먼저 살펴보기로 하자. 은퇴는 신체 건강의 증진과 관련이 있을까?

'아니다'의 경우

미국 하버드 대학 공중 보건학부의 최근 연구에서는 은퇴 전환기와 뇌졸중 및 심장 마비의 상관관계를 조사했다. 연구진은 직장에서 은퇴 후 10년까지 주요 심혈관계 질환이 없는 50세 이상의 실험 참가자들을 추적 관찰했다. 광범위한 요인(나이, 성별, 사회·경제적 지위, 행동, 동반 질병)을 조정한 후 연구진은 은퇴자가 같은 연령의 직장인보다 심장 마비나 뇌졸중을 일으킬 가능성이 40퍼센트 더 높다는 사실을 발견했다. 이 연구 결과에서 눈에 두드러지는 남성과 여성의 차이는 없었다.

영국의 대규모 연구 결과에서는 은퇴자들이 같은 나이대의 직장인에 비해 당뇨, 뇌졸중 또는 암 같은 만성 질병으로 고생하는 경우가 거의 두 배나 더 많은 것으로 나타났다. 여성 은퇴자는 전체 표본 대비 암에 걸릴 위험은 높았고, 심혈관계 질환으로 발전할 위험은 낮았다. 남성 은퇴자는 심장 마비, 뇌졸중, 신경 정신적 문제에서 전체 표본보다 위험이 더 높았다. 그러나 연구자는 현직에 있는 사람과 비교할 때 은퇴자들이 건강 상태가 더 나쁜 것은 나이라는 요인을 조정한 후에도 은퇴만의 결과라고 단정할 수 없다는 점에 주목했다. 건강 악화는 은퇴 과정의 결과이기보다는 종종 사람들이 은퇴하는 이유 중 하나이다. 이번 장

후반에 논의하겠지만 그럼에도 불구하고 은퇴에는 건강 악화로 이르게 하는 몇 가지 요인이 분명히 존재한다. 예를 들면 사회적 고립의 심화 또는 바람직하지 못한 생활 습관이다.

'그렇다'의 경우

모든 연구 결과가 은퇴의 해로운 영향만 보여 주는 것은 아니다. 서유럽 12개국을 대상으로 정밀 연구 방법을 채택한 여러 연구와 일치하는 결과를 보여 주는 한 최근 연구에서는 은퇴 후 교육 수준과 성별을 막론하고 건강이 향상되었다는 자기 보고가 있었다.[2] 나아가 미 표준 노화 연구 Normative Aging Study에서는 남성 은퇴자의 신체적 건강이 3~4년에 걸쳐 쇠퇴했지만 현직에 있는 사람과 은퇴자 사이에 차이는 없는 것으로 나타났다.

최근 독일의 연구[3]에서도 똑같이 긍정적인 연구 결과가 나왔다. 이 연구의 저자는 은퇴가 건강에 도움이 되며 그 이유는 주로 은퇴자가 운동을 더 많이 하고, 스트레스를 덜 받으며, 잠을 더 많이 자기 때문이라고 결론지었다. 심지어 나이 관련 질병 발생과 건강 악화로 인한 조기 은퇴자를 감안하더라도 전반적으로 정신 건강은 향상되었다. 저자는 같은 나이 대의 비 은퇴자들에 비해 은퇴자들의 경우에는 의사 왕진 사례가 25퍼센트 줄어들었다고 추정했는데, 이는 독일 보건 체계의 경제적 측면에서 중요한 발견이다. 이러한 연구를 다른 나라에서도 진행해 본다면 흥미로운 결과가 나올 것이다.

그럼에도 불구하고 지역 사회의 노령 인구 비율과 기대 수명이 전 세계적으로 증가하면서 핵심적 문제들이 제기되고 있다. 인구의 고령화가 건강 수명의 연장, 지속적인 웰빙, 사회 참여 및 생산성 기간의 연장과 동반될 수 있을까? 아니면 질병, 장애, 의존과 더 연관될까? 이러한 문제들이 중요한 이유는 최상의 은퇴 준비와 후속 건강 관리를 위해서만이 아니라 몇몇 나라에서 은퇴 연기를 유도할 목적을 가지고 국가 연금 수령 연령을 상향 조정하는 방향으로 정책이 움직이고 있기 때문이다.

은퇴 후 건강에 영향을 주는 요인은 무엇일까?

> 나는 은퇴가 이렇게 좋을 줄 몰랐다. 나는 건강하고 인생을 있는 그대로 즐길 수 있어서 운이 좋다고 느낀다.

> 나는 내가 지금보다 더 건강하고 잘 움직일 수 있을 줄 알았다. 건강 상태로 인한 제약이 여러모로 많다…… 더 이상 친구들과 활기찬 걷기 모임과 가벼운 배낭여행 등을 할 수가 없다.

은퇴 후 건강에 관해 대조되는 두 경험 너머에는 무엇이 있을까? 앞서 살펴보았듯이 은퇴 후 건강에 대한 연구 결과는 애매모호해서 어떤 연구들은 긍정적 효과, 또 다른 연구들은 부정적 효과를 보여 준다. 은퇴 후 건강에 영향을 미치는 문제로는 사회적 유대 및 지원, 신체적 운동 참여, 은퇴 후 생활 습관(예를 들면 담배 및 알코올 사용 습관 변화), 결혼 여부, 성별, 은퇴 후 활동, 자발적 은퇴였는지 그리고 정상보다 이른 은퇴였는지 여부가 포함된다.

건강 악화와 관련한 요인 중에 고독감과 사회적 고립의

경험은 시사하는 바가 많다. 특별히 은퇴자에게 국한된 문제는 아니지만, 은퇴는 고독감을 높이고 사회적 유대 관계 감소를 유발할 수 있다. 사회적 고립과 고독감이 조기 사망률을 높이고 이러한 위험이 다른 많은 건강 악화 지표들을 능가한다는 유력한 증거가 있다. 여러 연구에서는 고독이 비만보다 더 치명적일 수 있으며, 공공 차원에서 주요 건강 문제로 다뤄져야 한다는 점을 보여 준다. 사회적 고립과 고독감이 건강에 미치는 영향에 관한 218건의 연구[4]를 검토해 보면 외로운 사람은 조기 사망률이 50퍼센트 더 높고, 비만율은 30퍼센트 더 높은 것으로 나타난다. 연구진은 조기 사망 위험이 고독, 사회적 고립과 연관이 있으며 혼자 사는 것은 비만뿐 아니라 다른 주요 건강 문제와 관련한 조기 사망과 같은 정도 혹은 더 큰 위험성을 지녔다는 사실을 발견했다.

다른 요인은 은퇴 후의 생활 습관 변화와 관련이 있다. 어떤 사람들은 은퇴 후 영양과 운동 패턴이 향상되었고 다른 사람들은 그렇지 않았다. 예를 들면 2016년 호주 여성을 대상으로 한 대규모 연구[5]에서 참가자들의 자기 보고에 의하면 은퇴 상태는 건강과 신체적, 정신적 건강 결과에 긍정적 영향을 미쳤다. 이러한 긍정적 영향은 은퇴 후 증가된 신체 활동과 흡연 감소와 연관이 있었다. 반면, 핀란드의 어느 연구에 의하면 여성은 은퇴 후 식이 습관이 향상되는 반면 남성 은퇴자는 그렇지 않았다.[6]

영국 공무원을 대상으로 한 장기 연구는 은퇴가 건강에 긍정적이거나 부정적인 영향을 준다고 결론 내리는 것에 좀 더 주의를 기울여야 할 필요가 있다는 점을 확인시켜 준다. 정상 은퇴자와 자발적 조기 은퇴자 모두 현직 근로자들보다 신체적 기능과 정신 건강이 더 좋은 것으로 나타났다. 따라서 논문 저자는 자발적 은퇴와 긍정적 건강 결과 사이에 인과 관계가 있을 수 있다고 주장했다. 그러나 우리는 여기서 선택 편향을 포함한 다른 가능성을 고려할 필요가 있다. 예를 들어 조기 은퇴를 선택한 사람들은 자신의 건강이 나빠져서 은퇴했을 수 있다. 아니면 자신들이 건강하고, 건강할 때 은퇴 후 활동을 즐기고 싶어 은퇴했을 수도 있다. 호주 여성을 대상으로 한 우리의 연구에서는 과반수는 넘지 않지만 분명 상당수가 자발적으로 은퇴했다. 그러나 많은 사람이 건강상의 이유(15퍼센트), 업무 스트레스(19퍼센트), 가족 구성원의 건강 악화(11퍼센트)로 은퇴했다.

우리는 여기서 '자발적' 은퇴란 무엇을 의미하는지 찾아낼 필요가 있다.

많은 연구에서는 이러한 어려움을 극복하기 위해 정교한 표본 추출 방법과 선택 편향(예를 들면 은퇴 전 업무와 건강 이력, 은퇴 시점)을 고려한 분석법을 포함해 세심한 연구 방법을 채택했다. 미국 '건강과 은퇴 연구Health and Retirement Study'[7]의 일곱 가지 추세에 대한 자료 분석에서 이러한 편향은 시간 경과에 따른 은퇴자와 비 은퇴자의 건강 격차 원인의 대부분을 차지했다. 논문 저자는 연구 대상자가 기혼이고, 사회적 지원을 받고 있고, 은퇴 후 신체 활동에 참여하고, 은퇴 후 파트타임으로 일을 계속하는 경우 건강에 미치는 부정적 영향이 줄어든다고 결론 내렸다. 또한 비 자발적 은퇴는 건강에 미치는 역효과가 더 크다고 증명되었는데 이는 다른 연구들과 맥을 같이하는 결과이다.

조기 은퇴는 건강한 생각일까? 몇몇 연구는 조기 은퇴가 은퇴 후 신체적, 정서적 건강 및 인지 기능에 부정적 결과를 초래한다는 유사한 결론을 보여 주었다. 그러나 인지 기능에 관해서는 교육 수준과 사회·경제적 지위와 상관없이 고도의 정신적 활동을 필요로 하는 업무가 인지 기능

쇠퇴를 예방한다는 최근 증거가 있다. 적어도 한 연구에 의하면 55세에 은퇴한 사람들은 60세에 은퇴한 사람들에 비해 사망 위험이 거의 두 배 가까이 높았다. 조기 은퇴와 조기 사망의 관련 정도는 여성보다 남성에서 더 컸으며 55세에 은퇴한 남성은 55세에 은퇴한 여성보다 사망 위험이 80퍼센트 더 증가하는 것으로 나타났다.

연구 대상 노령 여성의 연령 대 폭이 상대적으로 좁은 우리의 연구(대부분 60대)에서 나이는 건강 자체와는 관련이 없지만 건강 상태의 변화와는 관련이 있었다. 은퇴 기간이 오래 경과한 여성들의 건강 악화에서 볼 수 있듯이 여성의 건강은 나이를 먹을수록 나빠졌다. 그러나 이러한 과정이 시작될 때에는 개인차가 매우 컸다. 예를 들어 은퇴 후 건강이 더 좋아진 사람들은 은퇴 전후 건강 상태에 변함이 없는 사람들과 비교해 더 일찍 은퇴했을 가능성이 높았지만, 은퇴 후 건강이 악화된 사람들도 은퇴 당시에는 건강이 나쁘지 않았다. 이러한 사실은 여성들이 자신의 건강이 나빠졌기 때문에, 또는 아직 건강하지만 가능할 때 은퇴 후 활동을 즐기고 싶어 조기 은퇴를 선택했다는 생각과 들어맞는다.

이제까지 살펴본 바와 같이 은퇴와 노화를 혼동하는 문제는 제쳐 두고라도 은퇴가 건강에 미치는 영향을 추정하는 데는 많은 어려움이 있다. 신체적 건강과 은퇴 문제의 명확한 연결 고리를 설정하는 것이 어렵다는 사실은 심리적 건강을 조사하는 것이 더 생산적이라는 의미이다. 은퇴에서 가장 빈번하게 연구된 정신 건강 지표는 우울증이지만, 다른 연구에서는 개인이 어떻게 은퇴에 적응했는지와 은퇴라는 인생 전환에 얼마나 만족하는지를 기준으로 설정한다.

심리적 웰빙

> [나는] 내가 정신적으로 은퇴할 준비가 되었다고 생각했다—그러나 실제로는 적응하는데 3년이나 걸렸다는 사실을 나중에야 깨달았다—내가 할 일이 사라진 것에 적응하는 데 그렇게나 오래 걸렸다는 사실에 비통해 했다. 그 적응 과정에 대해서는 아무런 도움이나 인정도 받지 못했다. 오롯이 혼자 겪어 내야 했고 그 과정의 끝에 도달

하고 나서야 나에게 무슨 일이 있었는지를 깨달을 수 있었다.

심리적 웰빙이란 한 개인이 삶을 긍정적으로 경험하고, 심리적으로 제대로 기능하는 것을 말한다. 은퇴자 대상 연구에서는 '적응'이라고 표현되는 것을 지칭하기도 하지만, 이전 몇몇 연구자들은 은퇴 전과 후의 심리적 적응을 별도로 측정하기도 했다. 대부분은 은퇴 후의 삶에 대한 만족 또는 불만족을 심리적 웰빙의 대용으로 사용한다.

은퇴자 대부분은 은퇴 후에 심리적 웰빙에는 거의 또는 전혀 변화가 없다고 응답했다. 우리의 연구에 참여한 여성 은퇴자들을 대상으로 두 가지 적응을 나타내는 측정치인 자존감과 스트레스 수준을 측정했다. 은퇴 전보다 자존감이 더 좋아졌는지, 동일한지, 나빠졌는지를 묻는 설문에서 대부분은 '같다'고 응답한 반면 25퍼센트는 은퇴 후 자존감이 더 높아졌다고 응답했다. 높은 수준의 자존감은 자신들의 건강에 대한 더 큰 만족감뿐 아니라 은퇴 후 주목할 만한 건강의 향상과도 관련이 있었다. 스트레스에 관해 질문하자 75퍼센트는 스트레스를 덜 받는다고 응답했고, 단

7퍼센트만이 은퇴 후 스트레스가 더 심하다고 응답했다.

자료를 광범위하게 검토[8]해 보면 삶에 대한 만족도와 은퇴의 연관성에 대한 연구 결과에는 일관성이 없었으며 부분적으로는 은퇴 전 삶의 만족도에 결과가 좌우되었다.

은퇴 후 우울증은 어떨까? 우울증은 이미 여러 나라에서 중요한 건강 문제이다. 우울증은 일에서는 생산성을 저하시키며, 빠르게 증가하는 조기 은퇴의 원인이다. 우울증이 조기 은퇴의 위험 증가와 관련이 있으며 우울한 사람들은 그렇지 않은 사람들보다 현저히 이른 나이에 은퇴한다는 설득력 있는 증거가 있다. 은퇴 후 우울증과 관련해서도 입증된 자료가 있지만 설득력이 덜하다. 예를 들면 영국 경제 문제 연구소Institute of Economic Affairs의 보고서[9]에는 은퇴로 인해 우울증으로 치료받을 확률이 40퍼센트 증가한다고 되어 있다. 하지만 모든 연구가 그렇게 강한 상관관계를 보이지는 않으며, 일부 연구에서는 상관관계가 없는 것으로 나타났다. 은퇴 전 심리적 건강, 은퇴, 사회적 고립, 노화, 생활 패턴이 우울증에 미치는 영향을 규명하기 위해서는 분명 추가 연구가 필요하다.

은퇴 후 심리적 적응의 변수들

은퇴 후 심리적 웰빙과 적응 정도는 은퇴할 때 개인이 활용하는 자원에 크게 의존한다. 이러한 자원은 개인적, 물질적, 또는 사회적 자원일 수 있으며 스트레스가 높고 어려운 상황을 헤쳐 나가는 은퇴자에게 도움을 준다.[10] 많은 (혹은 대부분의) 은퇴자들이 은퇴 시기를 성공적으로 보내는 데 거의 또는 전혀 어려움이 없는 반면, 어떤 은퇴자들은 자신의 삶을 다시 설계할 자원을 보유하고 있지 않은 것으로 보인다. 예를 들면 우리의 연구에서 '지루한'이라는 단어는 여성들이 은퇴 후 생활의 '허전함'에 대해 호소할 때 자주 등장했다.

> 은퇴 후 생활은 단조롭고, 지루할 수 있다. 비록 내가 혼자 있기를 즐기는 사람이긴 하지만 때로는 즐기는 수준을 넘어설 정도로 고독하다. 많은 지역 사회 프로그램이 나와 맞지 않고 주변에서 이루어지는 여러 활동도 맞지 않는다.

낮은 수준의 웰빙은 배우자의 건강 악화 같은 외부적 요인 또는 힘든 가족 돌봄 책임의 결과일 가능성이 있었다. 이러한 요인들은 은퇴 후 새로운 역할을 맡는 기회를 제한하기 때문이다. 돌봄에 대한 성차별적 기대는 여성이 남성보다 배우자를 의무적으로 더 돌보아야 하고 더 시간을 할애해야 한다는 생각을 뜻하는데, 이러한 상황은 스트레스 증가와 연관이 있다.

맡은 업무가 분명한 직장에서 오랜 세월 근무했던 은퇴자의 또 다른 걱정거리는 하루의 시간에 체계가 없는 것이다.

> 갑자기 자유 낙하하는 것 같은 내 삶에 체계를 세우는 일은 쉽지 않았다.

게다가 자신의 자아의식이 직업 정체성과 연결되어 있던 사람들에게는 은퇴란 겁나는 미래일 수도 있다. 매일매일의 일이 삶에 가져다주는 도전과 흥분이 없다는 사실은 자존감과 사회 공헌 의식의 상실로 나타난다.

> 나는 [은퇴가] 정말 싫다. 재정적으로 쪼들리고, 외롭고, 지루하다. 뇌사 상태인 것처럼 느껴지고, 신기술을 습득하고 새로운 관심거리를 발견하는 데에 점점 더 뒤처지고 있는 것처럼 느껴진다…… 무기력한 상태로 빠져든다는 것을 느낄 수 있고, 일을 안 하면 안 할수록 점점 더 하고 싶은 것도 줄어든다.

이러한 문제가 은퇴자 대다수가 아닌 일부에게만 해당되는 일인 반면, 3장에서 살펴본 바와 같이 재정적 자원 상실은 많은 사람들, 특히 여성들에게 주요 관심거리이다. 충분하지 못한 재정은 만족스러운 삶의 여러 측면에 영향을 미칠 수 있다. 예를 들면 안전한 주거와 적절한 건강 관리를 저해하고, 비용으로 인해 새로운 역할과 활동에 참여할 기회를 줄인다.

2010년 이후로 은퇴 기간의 삶에 대한 적응을 결정짓는 요소를 다룬 많은 보고서가 발표되었는데 이는 이 분야에 대한 관심 증가를 반영한다. 은퇴에 대한 적응을 철저히 조사한 최근 연구[11]에서는 은퇴의 적응 여부를 예측하는 요소를 네 그룹으로 구분했다. 가장 흔히 알려진 예측 인자에는 신체적 건강, 재정, 심리적 건강, 성격과 관련된 태도, 여가, 자발적 은퇴, 사회 통합 등이 있다. 은퇴 적응의 '비' 또는 '부정적' 예측 인자 집단에는 나이, 성별, 가족 구성, 은퇴 시점, 출신 국가가 포함되었다. 이러한 모든 경우와 관련해 대다수 연구에서는 은퇴 적응에 문제시 되는 변수의 영향은 발견되지 않았으며, 혹 발견되었다 하더라도 결과는 항상 일치하지 않았다.

은퇴 적응의 예측 인자에 관한 문헌을 이렇게 세심하고 체계적으로 검토하는 일은 중요하지만, 독자들에게 어느 특정한 개별 요인이 얼마나 기여하는지에 대해 혼동을 불러일으킬 수도 있다. 예를 들어 검토 대상 연구의 절반에서 은퇴 기간이 더 오래 경과한 참가자들이 더 나은 삶의 질, 웰빙, 은퇴와 삶에 대한 만족을 보였다. 은퇴 후 경과한 시간은 여섯 개 연구에서 아무런 영향을 미치지 않았고, 단 두 연구에서만 시간이 은퇴의 위험 요인이라고 밝혔다.

은퇴에 대비해 적극적으로 계획을 세우고 자신이 선택한 때에 은퇴한 경우는 둘 다 은퇴자의 심리적 웰빙과 긍정적인 상관관계가 있었다. 자신의 예상보다 일찍 은퇴한 사람들은 은퇴기에 접어들면서 심리적 웰빙이 낮아질 가능성이 있었다.

심리적 불안정의 결과는 은퇴자의 부적응 행동과 관련이 있을 수도 있다. 이러한 행동은 은퇴를 계획하고 관리하는 능력에 영향을 미칠 뿐 아니라 심리적 웰빙과 신체적 웰빙 모두를 희생시킬 수도 있다. 앞에서 살펴본 바와 같이 어떤 은퇴자들은 체계, 직장 생활의 도전과 동료 의식을 그리워하고, 어떤 은퇴자들은 이를 대체하기 위해 자신의 신체적, 정신적 건강에 문제가 될 수도 있는 활동을 찾는다. 그중 가장 흔한 행동 두 가지가 알코올 및 약물 남용과 도박이다.

알코올 중독

거의 10년 전에는 여성 25퍼센트와 남성 50퍼센트가 연령별 권장 섭취량 이상으로 술을 마셨다. 다른 미국의 연구 자료에 따르면 흥미롭게도 지난 10년 동안 65세 이상 여성의 알코올 남용과 의존율이 거의 열 배 이상 증가했다. 이와는 대조적으로 65세 이상 남성은 네 배 증가하는 데 그쳤다.[12] 노인들에게 은퇴가 주요 삶의 변화와 일종의 심각한 스트레스 요인으로 여겨질 수 있으므로, 알코올 남용의 위험 인자로 작용할 수도 있다. 다른 한편으로 은퇴자들은 다른 활동에 비해 술을 마실 여가 시간이 많아서 해방감과 책임감을 벗어난 느낌을 주는 긍정적 오락거리로서 음주를 시작한다고 추정할 수 있다. 실제로 은퇴와 알코올 남용의 연결 고리는 그리 확실하지는 않다. 뱀버거는 학계에서 대체로 의견 일치를 보이는 두 측면이 있는 것으로 보인다고 결론짓는다. 첫째, 은퇴가 이루어진 방식에 영향을 주는 다양한 개인의 특성과 상황 요인이 이 연결 고리에 영향을 미친다. 은퇴가 '상실'로 받아들여지는 경우 알코올 오용이 시작되거나 악화될 수 있다. 반면 '구원'이라고 인식되면 오용이 줄어드는 결과를 가져올 수 있다. 둘째, 학계의 합의에 따르면 은퇴가 음주 행동에 직접적으로 영향을 미치지는 않지만 은퇴를 하게 된 맥락(은퇴를 결정한 이유와 은퇴 전후의 경험)이 노인들에게 알코올 남용을 새롭게 야기하거나 혹은 증가시킬 수 있다.

약물 남용

은퇴자와 노인들의 약물 남용은 주로 처방 약물에 집중되어 있는데, 이는 이 집단에서 가장 흔한 약물 남용의 범주이다. 노인들의 처방 약물 남용은 '취하기 위해' 사용하는 것이 아니며 사용자들이 약물을 불법적으로 구하지도 않는다. 그보다는 오히려 여러 명의 의사에게서 복수의 처방을 받거나, 가족이나 친구들에게서 약을 얻거나, 약을 오랫동안 비축해 두거나 하여 안전하지 못한 조합이나 용량으로 사용하게 된다.

그러나 공중 보건 영역에서 노령 인구의 약물 남용에 대한 우려가 점차 커지고 있다는 점에 주목해야 한다. 미국 알코올 및 약물 사용 서비스국Office of Alcoholism and Substance Use Services의 2017년 자료에 따르면, 미국 내 65세 이상 인구의 17퍼센트가 처방 약물을 남용한 적이 있다. 분명히 은퇴와 약물 남용 및 그 이유는 연구자들이 더 주목해야 할 필요가 있다.

도박

지나친 도박이 은퇴자의 문제일까? 확실히 노령 인구를 대상으로 한 맞춤식 카지노와 슬롯머신의 확산은 문제가 있음을 보여 준다. 이들 집단에게 맞춤 서비스를 제공하기 위해 어떤 카지노는 심지어 휠체어와 산소 탱크까지 제공한다! 사실 알코올 소비처럼 도박도 처음에는 별것 아니었다가 차츰 사교 도박으로, 문제성 도박으로 이어진다. 비록 여성보다 남성이 더 도박을 많이 하지만 문제성 도박으로 전환되는 추세는 여성이 남성보다 빠르다. 또한 여성들은 남성들처럼 재정적 완충 장치가 없기 때문에 남성보다 재정적 어려움에 더 빨리 직면하게 된다.

여기에 도박의 선택에서 성별 차이에 관한 상당한 증거가 있다.[13] 남성은 '기술' 게임—포커와 같은 카드 게임, 레이싱, 다른 스포츠—에 내기를 거는 경향이 있고, '자극 추구형action gambler' 도박을 한다. 그러나 여성은 '현실 도피형escape gambler' 도박을 한다. 빙고, 복권, 슬롯머신 같은 활동을 선호하고, 경제적 이득, 쾌락, 흥분보다는 권태를 줄이고, 책임에서 도피하거나, 외로움을 덜기 위해 도박을 한다. 지난 20년 동안 도박은 점점 더 여성들의 주류 소일거리로 자리 잡았다. 이는 주로 전자 도박 기계의 확산 때문으로 보인다. 도박을 하는 동기에는 사회적 고립, 일상의 스트레스에서 탈출할 필요, 복합적 정신 질환이 포함된다.

복합 정신 질환의 경우, 우울증과 불안 장애가 문제성 도박에 동시 작용하는 주요 요인이다.

우리가 검토한 여러 문헌에서는 은퇴가 건강과 행복에 미치는 결과를 어느 정도는 일관되게 보여 주지만 영향이 불확실하거나 모순되는 여러 요인들이 있다. 지금까지 살펴본 대로 해결해야 할 문제는 은퇴라는 변화와 이 인생 단계를 경험하는 것과 연관된 수많은 맥락적 요소를 고려하는 것이다.

은퇴 후 건강 유지

신체적 활동, 균형 잡힌 식사, 적정 체중 유지는 음주 절제, 금연과 더불어 건강을 유지하고 증진시키는 주요한 요소이다. 은퇴 후에는 전일제 근무에 매여 제한되었던 신체 활동에 참여할 기회가 주어지며 은퇴 후 건강과 신체적 활동의 긍정적 연결 고리는 이미 살펴본 대로 여러 연구 결과에 잘 나와 있다.

체중 역시 은퇴와 관련한 변화를 예상할 수 있다. 한편으로는 신체 활동 증가와 균형 잡힌 식사 같은 더 건강한 습관 때문에 체중이 줄어들 수 있다. 다른 한편으로는 나이가 들면서, 신체적으로 덜 움직여서, 불규칙한 식사 시간 때문에 체중이 증가할 수도 있다. 체중 증가는 은퇴 후의 정체성, 직장에서의 사회적 교류, 일에서 느끼는 성취감의 상실 같은 감정을 먹는 것으로 해소하려고 하여 나타나기도 한다.

은퇴 후 체중 변화의 성별 차이를 조사한 연구에서 결과는 일관되지 않았다. 대규모 프랑스 코호트를 대상으로 한 전향적 연구에서는 실제 은퇴 전환기의 신체 활동과 체중 변화의 정확한 추정치를 얻기 위해 장기간에 걸쳐 매년 체중 변화를 측정했다. 이 중 한 분석 자료[14]에서는 은퇴 전환기에 남성의 신체 활동은 36퍼센트, 여성은 61퍼센트 증가한 것으로 나타났다. 전혀 놀랍지 않은 일이지만 신체 활동이 적은 사람들은 많은 사람들보다 체중 증가 폭이 컸다. 은퇴 후 신체 활동 증가의 영향은 다른 여러 연구 결과에서도 입증되며 그 중요성이 확인되었다. 다른 연구에서는 남성들은 심각한 체중 변화를 보이지 않았다. 반면 은퇴한 여성들은 파트타임으로 일을 계속한 여성보다 체중이 더 증가했는데, 이들은 은퇴 당시 정상 체중이었고 사무직 은퇴자들이었다.

대조적으로 영국에서 이루어진 대규모 전국 코호트 연구[15]의 결과에 따르면 대부분의 연령별 집단에서, 남성이 여성보다 주 단위의 정기적 신체 활동(걷기, 수영 또는 스포츠 경기)을 할 가능성이 높았다. 흥미롭게도 여성이 남성보다 주관적 웰빙이 더 낮다고 응답했다. 연구 저자가 추정하기로 이러한 결과는 여성들의 비공식적 돌봄 제공자 역할뿐 아니라 낮은 취업률과 낮은 임금에 기인한다. 이러한 모든 요소가 낮은 주관적 웰빙과 관련이 있기 때문이다.

물론 체중 증가의 원인은 신체 활동뿐 아니라 식습관의 변화 때문이기도 하다. 핀란드의 한 연구에 따르면 여성의 경우 은퇴 후 건강한 식습관이 증가했으나 남성들의 건강한 식사 습관은 은퇴와 관련이 없었다. 이러한 성별 차이는 여성들은 시간이 많아져 장을 보고 건강에 좋은 음식을 준비하게 되었기 때문이고, 남성들은 은퇴 후에도 주어지는 대로 식사를 했기 때문이라고 설명할 수 있다.

나이가 들면서 영양의 역할은 점점 더 중요해진다. 특별히 좋은 영양과 은퇴를 연결시켜 조사한 연구를 찾을 수는 없었지만 은퇴자에게 균형 잡힌 식사가 중요하다고 가정하는 것은 타당하다. 건강한 식사와 적절한 영양은 체중 감소 말고도 많은 건강상의 혜택을 가져온다. 이에는 면역력, 에너지 수준 향상, 정신적 능력 향상이 포함된다. 건강한 식사는 우리 몸이 더 잘 기능하도록 해 준다. 잡곡, 과일, 채소, 유제품, 단백질을 건강하게 조합하여 섭취하면 몸이 필요로 하는 모든 영양소를 얻을 수 있고, 정신이 좀 더 맑아지고 에너지를 비축할 수 있다. 과일과 야채를 섭취하면 심혈관 질환, 뇌졸중, 제2형 당뇨병, 암의 위험을 줄인다고 알려져 있다.

최근 영국의 한 연구에 따르면 성인 비만이 증가하는 추세이다. 1993년 전체 성인 중 15퍼센트가 비만이었던 것에 비해 현재는 25퍼센트가 비만이고, 여성보다 남성의 비만이 조금 더 빠르게 늘고 있다. '비만 유행병'은 공중 보건 영역에서 시사하는 바가 크다. 비만이 심혈관계 질환, 당뇨, 일부 암의 발병을 증가시키기 때문이다. 은퇴를 목전에 둔 55세에서 64세 인구 열 명 중 세 명이 비만으로 분류되었다. 연구 저자들이 담담하게 말하듯이 이 나이 이후부터는 비만율이 점차 낮아진다. 아마도 가장 건강하지 못한 사람들이 죽어서 사라지기 때문일 것이다.

따라서 건강한 식습관은 우리 몸의 신체적 기능을 향상시키고 정신 건강의 혜택도 준다. 건강한 식사는 어느 정도 질병으로부터 우리를 보호할 뿐 아니라 기분을 북돋아 주고 스트레스 수준을 낮출 수 있다.

건강한 은퇴를 위한 계획

은퇴 후의 건강을 어떻게 보장할 수 있을까? 종종 건강이 나빠져 할 수 없이 은퇴를 하기도 한다. 혹은 은퇴 후 예기치 못한 일이 생겨 건강을 지키려는 모든 노력에도 불구하고 병에 걸리기도 한다. 노화 자체는 부정할 수 없는 건강상의 위험이다. 그러나 이번 장에서 살펴본 대로 신체적으로나 정신적으로 건강한 은퇴의 확률을 높일 수 있는 몇 가지 기본적인 선택지가 존재한다. 은퇴 전 계획에 건강한 은퇴 후 생활 방식에 대한 생각을 포함하는 것이 중요하다. 그보다 더 좋은 것은 은퇴 전에 그 과정을 미리 시작하는 것이다.

은퇴 후 건강 유지 방법에 대해 스스로 활용할 수 있는 조언은 너무나 많으며 그 조언은 놀랍게도 일관적이다. 활발히 활동하고 참여하라. 단체 스포츠, 활동, 혼자 오래 걷기든 무엇이 되었건, 계속 움직이는 것이 중요하다. 정기적으로 건강 검진, 특히 마지막까지 의사소통이 중요하다는 점을 감안하여, 청력 검사와 치과 검진뿐 아니라 나이와 관련 질병에 대한 검진을 꼭 받자.

건강한 식습관을 유지하자. 영양소의 일일 섭취량 권고를 따르자. 그리고 힘, 유연성, 심장 건강과 균형 감각을 기르기 위해 매일 운동하자.

스포츠나 운동 활동을 할 수 없거나 원치 않으면 각자의 생활 습관에 더 잘 맞는 다른 선택이 있다. 은퇴하면 수리, 정원 가꾸기, 다른 가사일에 투자할 시간이 늘어난다. 이러한 활동에는 신체적 노력이 필요하기 때문에 스포츠나 운동을 증가시키는 것 외에 신체 활동을 증가시킴으로써 건강을 증진시킬 수 있다.

뇌도 훈련하자. 십자말풀이, 퍼즐 게임, 새로운 것을 배우는 일은 인지 기능 수준을 유지하는 데 도움이 되는 활동이다. 그러나 편안히 쉴 시간도 가져야 한다. 명상이나

요가를 하고 좋은 수면 습관을 유지하자. 매일 밤 7시간에서 9시간 수면이 가장 적당하다. 매일 자는 낮잠은 피하려고 노력하자. 중요하게는 사회적 유대를 유지하자. 외로움을 없애도록 노력하자. 사람들과의 관계가 당신을 더 오래 살도록 도와줄 수 있다. 우정과 가족 간의 결속력을 키우자. 친구와 가족과 떨어져 있다면 자원봉사와 같이 다른 방법으로 사회적 유대 관계를 만들어 보자. 이것은 사람들을 만나 관계에서 오는 건강의 혜택을 얻을 수 있는 멋진 방법이다.

05

사회적 관계의 재조정

사회적 관계는 은퇴하면 심각한 변화를 겪게 마련이다. 새 친구를 사귀고, 옛 우정이 재개되어야 하고, 직장 동료와의 협력은 유지되어야 하고, 가족 관계는 재조정되어야 한다. 은퇴자가 처하는 다른 여러 공간은 기회와 함께 예상되는 함정을 동반하므로, 새로운 우정을 발전시킬 때에는 자신의 기대와 선부른 태도를 조정할 필요가 있을 수 있다. 이번 장에서는 이러한 관계의 패턴과, 이 패턴이 은퇴 후 어떻게 변하는지 살펴본다.

배우자와의 친밀한 관계

많은 연구에 따르면 부부가 은퇴하면 둘의 관계가 좋아지거나 같은 상태가 유지된다고 한다. 부부가 일을 같이하고, 오래전부터 세운 계획과 꿈을 실현하고, 크든 작든 변화를 이뤄 내고, 여행을 떠나거나 아니면 그저 휴식을 취하는 시간이 늘어난다. 친밀도가 높아지고 부부가 같이 늙어 가는 동안 즐거움과 슬픔을 공유한다. 자녀와 손주들이 성장해 가는 과정을 함께하면서 서로에 대한 감정이 더 깊어진다고 말할 수도 있다. 일반적으로 기혼 은퇴자들이 독신이나 홀로된 은퇴자보다 더 많은 심리적 행복을 느낀다는 분명한 연구 결과가 있다.[1]

그러나 항상 그런 것만은 아니다. 많은 시간을 함께 보낸 부부들이 직장과 가정일로 항상 바쁠 때 알던 것보다 둘 사이에 공통분모가 훨씬 적다는 사실을 발견할 수도 있다. 은퇴 후 활동, 가정 내 책임, 그리고 '함께한다는 것'의 수준에 대한 기대가 크게 달라 타협점을 찾기 어려울 수도 있다.

> 우리의 은퇴에 대한 남편의 시각을 더 오랜 시간 탐색했어야 했다. 남편이 기대하는 은퇴는 우리 둘이 항상 함께하는 것…… 내가 모든 가사일을 다시 떠맡는 것이었다. 남편은 '외출'도 싫어하고 집에 혼자 있는 것도 싫어한다…… 그저 내내 부루퉁해 있다!

이와 유사하게 우리의 연구에서도 많은 여성이 은퇴 후 배우자들이 얼마나 자신에게 의존적인지에 관해 언급했다.

> 내가 남편을 필요로 하는 것보다 남편이 나를 더 필요로 한다는 것을 알았다. 쇼핑도 꼭 같이 가야 하고, 어디 가면 어디 있는지 언제 돌아오는지 확인 전화를 계속했다. 우리는 둘 다 은퇴 전 고위 공무원이었고 서로 독립적이었기 때문에 이런 문제가 힘들었다.

연구에 따르면 남성 은퇴자들은 여성보다 새로운 사회관계망 개척을 어려워했다. 여성들은 남성보다 사회적으로 더 통합되어 있는 경향이 있다. 이는 아마도 성인이 된 후 상당 기간 동안 직장 생활을 하지 않았기 때문에 직장 동료 관계가 아닌 친교 모임을 더 많이 만들었을 가능성이 높기 때문이다. 비록 사교성에 개인차가 있긴 하지만 남성 은퇴자들은 너무 자주 스스로를 고립시킨다. 예를 들면 시간 사용에 관한 호주의 대규모 설문 조사에서는 역설적이게도 은퇴한 남성들이 은퇴 전보다 가족이나 친구들과 시간을 더 적게 보낸다는 것이 밝혀졌다. 은퇴한 여성들은 이와 반대로 은퇴 후 늘어난 시간을 직계 가족이 아닌 다른 가족들이나 친구들과 어울리며 보낸다.[2]

불행하게도 일부 부부들의 밀접한 유대는 은퇴 생활을 견뎌 내지 못하고 황혼 이혼이나 별거로 이어지기도 하는데, 이러한 현상은 평균 수명(그리고 은퇴 후 건강하게 살날이 많다는 기대 심리)이 늘어나면서 생겼다. 50대 이상의 이혼은 점점 더 흔해지고 있다. 결혼 생활에 만족하지 못하는 배우자는 성인이 된 자녀의 독립 이후, 지금 아니면 자신의 꿈을 이루지 못한다는 생각으로 결혼 생활에 종지부를 찍을 수도 있다. 은퇴와 함께 일어나는 부부 관계 파탄과 생활 방식의 변화에 대처하는 일은 재정적으로나 감정적으로 개인의 자원에 크나큰 부담을 줄 수 있다.

> 아내와 나는 결혼한 지 35년이 되었고 둘의 재정적 문제가 너무나 뒤얽혀 있어서 그 문제들을 다 풀고 누가 무엇을 가질 것인지 결정하는 데 꼬박 일 년이 걸렸다. 하지만 그것은 쉬운 편에 속하는 일이었다. 더 참기 힘든 것은 그 후에 찾아온 외로움과 비통함이다.

이와는 다른 종류의 가정 문제이지만 은퇴 후 흔히 겪는 것으로 배우자와의 사별이 있다. 사별의 슬픔뿐 아니라 배우자의 죽음은 수많은 매일의 상호 작용과 함께했던 활동까지 잃는다는 의미이며, 외로움과 우울증의 위험이 배가 된다. 특히 애도 기간 초기에는 상황에 대처하려고 안간힘을 쓸 수 있다. 이 취약한 시기에 이미 세웠던 은퇴 계획을 재평가할 필요가 있다.

> 나는 결혼한 지 40년 된 남편과 은퇴 후 생활을 함께할 것이라고 기대했다. 그러나 2014년 남편은 4기 암으로 진단받고 25개월 후 세상을 떠났다.

배우자의 건강이 악화되고 보살핌이 필요하게 되면 은퇴

후 새로운 역할을 시작할 기회가 제한된다. 이러한 상황은 아픈 사람과 돌보는 사람 간 관계의 본질이 변화할 뿐 아니라 돌봄 제공자가 만족감을 희생하는 결과로도 연결되는 것으로 보인다. 돌봄을 둘러싼 성차별적 기대는 여성이 배우자를 돌보는 것은 의무이고 남성보다 더 시간을 할애해야 한다는 의미인데, 이러한 상황은 여성의 높은 스트레스로 연결된다. 돌봄 제공자의 역할에 관해서는 다음에서 더 논의하겠다.

가족 관계

은퇴하면 가족과 더 많은 시간을 풍요롭게 보낼 수 있을 것이라는 기대가 언제나 실현되는 것은 아니다. 성인 자녀의 바쁜 생활이 당신이 은퇴한다고 해서 바뀌지는 않을 것이다. 아들이나 딸이 당신과 함께 시간을 보내기 위해 월차를 내지 않을 수도 있다. 그들은 그들 나름대로의 삶이 있다. 은퇴와 그것과 동반한 노화 과정도 은퇴한 당신이 어디에서 거주할지, 돈을 어떻게 사용할지에 대한 가정 내 갈등을 일으킬 수도 있다. (이는 3장에서 살펴본 바와 같다.)

그럼에도 불구하고 은퇴는 가족 관계를 돈독하게 할 기회를 제공한다. 은퇴자들은 그럴 수만 있다면, 가족 구성원들에게 재정적 지원, 멘토링, 가사일 돕기, 손주 돌보기 같은 다양한 형태의 도움을 제공할 수 있다. 연구에 따르면 이러한 일은 서로에게 도움이 된다. 손주들을 정기적으로 돌보거나, 자녀들이 하는 실제 업무를 돕는 은퇴자들은 이런 도움을 제공하지 않는 은퇴자들에 비해 은퇴 전환기를 지나는 동안 세대 간 지지를 더 많이 경험한다.[3]

손주 돌보기

어린 손주가 있는 복받은 은퇴자라면 아기와 어린이 돌보기는 전반적 가족 관계를 돈독히 할 뿐만 아니라 손주들과 강한 유대감을 형성하는 놀라운 기회가 될 수 있다. 우리의 연구에서 손주가 있는 은퇴자들은 손주를 돌보는 역할이 주는 여러 의미 있고 삶의 질을 높이는 혜택에 대해 언급했다. 여기에는 손주에 대한 사랑과 즐거움의 근원 등이 포함되었다. 몇몇 사람들은 특히 손주를 돌보기 위해 은퇴했다고 응답했다.

> 전일제로 근무할 당시 릴리가 태어났고 내가 2주에 9일만 일했기 때문에 하루는 손녀와 함께 보낼 수 있었다. 그러고 나서는 조기 은퇴를 했는데 손주들이 은퇴에 큰 영향을 미쳤다고 생각한다. 손주들은 인생에는 일보다 더 중요한 것이 있다는 것을 보여 주었다. 이제 나는 아이 돌보기에만 몰두할 수 있으므로 동시에 오만 가지 일을 하지 않아도 된다.[4]

2장에서 우리는 '생산성'이라는 개념에 대해 논의했다. 개인이 중·장년기의 성숙하고 건강한 심리적 발전을 위해서는 다음 세대의 복지에 기여해야 한다는 뜻이다. 전반적으로 우리의 연구에 참여한 조부모들은 자녀와 손주들을 양육하고 길잡이가 되는 일에 대한 관심을 통해 더 강한 생산성 의식을 발전시켰다.[5] 다른 연구자들은 손주를 돌보는 데 보낸 시간과 생산성 의식, 전반적 삶에 대한 만족도, 심지어 수명 연장의 관계까지도 주목했다.[6]

그러나 손주를 돌보는 조부모의 기대가 자녀의 기대를

충족하지 못할 때에는 문제가 발생할 수 있다. 때로는 기대하는 돌봄의 양이 스트레스나 갈등의 원인이 될 수 있다. 한 여성은 이러한 상황을 다음과 같이 표현했다.

> 딸은 내가 다른 계획이 있는데도 자신이 아기를 봐 달라고 할 때마다 내가 와 주기를 기대한다. 나를 일을 하지 않는 할머니라고 여겨서 그런 기대를 하는 것이다.

특히 더 스트레스를 받는 것은 아이 부모의 죽음, 질병, 약물 중독 또는 범죄 행위 같은 어렵거나 비극적인 가정 상황 때문에 조부모가 손주들의 전담 돌봄 제공자 역할을 떠맡은 상황이다. 이러한 경우 은퇴자들은 감정적, 신체적, 재정적 어려움에 처한다. 그래도 많은 조부모들—아마도 대부분—이 손주들을 위해서 최선을 다하고 손주와의 끈끈한 관계에서 사랑과 즐거움을 찾는다. 그럼에도 불구하고 이러한 상황은 확실히 오롯이 '내 시간'을 위한 은퇴 계획에 문제가 된다.

가족 내 노인 돌보기

나이 든 친척이나 배우자도 돌봄을 필요로 할 수 있다. 기대 수명이 길어지면서 많은 은퇴자의 부모가 몸이 약해지거나 아플 수 있다. 흔히 여성은 남성보다 돌봄 의무에 있어 두 배의 일을 한다. (그리고 놀랍지 않게도, 부모를 돌볼 필요가 있을 때 남자 형제들은 여자 형제에게 이 일을 미룬다.) 돌봄의 유형도 성별에 의해 구분된다. 여성들은 부모님의 개인적인 일상 활동을 더 많이 돕는데 반해 남성들은 집수리나 장비 설치 같이 이따금씩 하는 일을 더 자주 담당한다.[7] 연구에 따르면 가족 내 노인을 돌보는 남성과 여성들은 정신적으로나 신체적으로나 건강에 부정적 영향을 받는 것으로 나타났다. 이 영향에는 더 높은 사망률도 포함되었다. 은퇴자인 경우 은퇴 후 시간 활용에 대한 자신들의 계획을 포기해야 하거나 상당 기간 연기해야 한다는 사실에 심각한 스트레스를 받는다. 사실 배우자나 가족 내 노인을 돌보는 일은 기대하지 않은 결과이거나 조기 퇴직으로 생길 수 있는 재정적 결과까지 동반한 은퇴를 재촉하는 요인일 수 있다. 노인을 돌보는 일이 얼마나 어려운지는 다음의 인용

글이 잘 나타내고 있다.

> 난 덫에 걸렸다—까다롭고 가끔은 공격적인 나의 어머니라는 덫. 끝이 보이지 않는다.

> 세상의 계획은 '삶'의 현실 앞에서는 모두 무용지물이 된다. 내 어머니는 97세이다. 어머니는 요양 시설에 사시지만 이 지역에 사는 유일한 피붙이로서 나는 어머니의 주 돌봄 제공자이다. 해외 도보 여행을 많이 하려던 내 모든 계획은 실행할 수 없게 되었다. 인생이 그렇다!!!!

노인이나 환자를 전일제로, 또는 가끔 방문하더라도 돌봄을 제공하는 은퇴자들은 취약한 집단이다. 돌봄의 대상이 그들이 매우 소중히 여기는 사람이고 함께하기 편한 사람이더라도 감당해야 할 나름의 스트레스가 있다. 가장 적게는 사랑하는 배우자, 부모, 친척과 사별하는 것인데, 사별 후에는 슬픔이 따르고 가끔은 죄의식도 느낀다. 우울증, 신체적 건강 악화, 탈진, 외로움, 사회적 고립 등은 주 돌봄 제공자가 추가로 겪는 위험이다. 따라서 스스로 상황을 관리하는 것이 중요하다. 지역 사회에서 제공하는 자원이 무엇인지 찾고, 가족과 지역 내 지원을 이끌어 내고, 임시 간병인을 활용하여 잠깐이나마 휴식을 취하고, 지지와 확신을 주는 우정을 유지하고 자신의 건강을 관리하는 것이 은퇴자든 아니든 돌봄 제공자라면 누구나 명심해야 하는 중요한 고려 사항이다.

독신자의 특수성

혼자이거나 독신인 [은퇴 후] 상태는 스트레스를 받고, 외롭고, 난처하며, 사회적으로 제약이 많다.

은퇴는 (내 경우에는) 내가 별로 좋아하지 않는 외로움, 가난, 사회적 고립을 가져다주었다. 독신이면 모든 것에 두 배의 비용이 든다. 자신이 버는 수입 이외에 전혀 의지할 곳이 없다. 인생의 문제를 공유하고 나를 위해 무언가를 해 줄 배우자가 없다. 관리비와 수리비를 지불할 제한된 외벌이 수입뿐이다.

서구 국가의 인구 추세를 살펴보면 가까운 미래에 은퇴 연령에 이르는 독신 인구의 비율이 점점 늘어나고 있다는 것을 알 수 있다. 이들은 미혼이거나, 사별했거나, 이혼 후 재혼하지 않은 사람들이다. 홀로 사는 독신, 특히 결혼한 적 없는 독신들이 은퇴 후에 경제적, 건강상 불이익을 받는다는 명백한 증거가 있다. 이 사실은 남성과 여성 모두에게 해당된다. 미국의 한 주요 보고서에 의하면 65세 이상 인구 중 빈곤 인구 비율은 기혼자가 4.5퍼센트, 이혼한 사람은 17퍼센트, 배우자와 사별한 사람이 14.5퍼센트였다. 이와 비교해 결혼한 적 없는 인구 집단의 비율은 거의 22퍼센트에 달해 가장 높았다. 홀로 사는 독신들은 단일 수입에 의존해야 하고, 가계를 분담하는 데 필요한 자원의 공동 이용이나 규모의 경제Economies of Scale, EOS의 혜택을 보지 못한다. 예를 들어 집에 몇 명이 사는지와 상관없이 난방은 해야 한다.[8]

이러한 수준의 불이익에 대한 예는 최근 호주 멜버른에서 노인 1000명을 대상으로 16년간 추적 조사한 종단 연구에서 찾아볼 수 있다. 연구 초기에 참가자의 75퍼센트는 자신이 더 이상 독립적으로 살아갈 수 없게 되더라도 주변의 도움을 받아서 자신의 집에 계속 살기를 원한다고 응답했다. 그리고 단 5퍼센트만이 노인 요양 시설 입소를 원한다고 응답했다. 그러나 16년 후에는 전체 응답자의 17퍼센트가 자신의 선호도와 상관없이 요양 시설로 이주했다. 독신으로 사는 것은 자신의 의사와 무관하게 노인 요양 시설로 입주하거나, 셋집살이를 하게 된다는 의미이며, 우울증의 위험 요인으로 나타났다.[9]

결혼과 공동 주거는 재정적 이익뿐 아니라 건강상의 혜택도 제공한다. 기혼자들은 미혼자들보다 평균적으로 오래 살며, 결혼한 적이 없는 남성은 사망률이 특히 높다. 65세 이상에서는 일상 활동의 제약과 신체 마비 비율이 기혼자들보다 결혼한 적이 없는 사람들에서 높았으며, 이혼했거나 사별한 사람들은 그 중간쯤에 해당되었다. 왜 이러한 현상이 생길까? 추정하기로는 '결혼의 보호 기능(결혼은 사회적 용인과 연관되어 있고 더 건강한 습관을 갖게 한다)'과 '결혼의 선택 편향(적응력 있는 생활 방식을 가진 더 건강한 사람들이 먼저 결혼하는 경향이 있다)'도 일조한다.

앞서 나온 인용문에서 잘 드러나듯이 독신들은 일단 직장을 떠나면 사회적으로 고립될 가능성이 더 높다. 혼자 사는 것은 위험 요소로, 건강과 재정적 제약으로 활동을 하지 못하게 되면 위험은 더 커진다. 물론 모든 미혼자와 결혼한 적 없는 사람들이 혼자 사는 것은 아니며, 그러한 사람들 모두가 혼자라거나 외롭다고 느끼지는 않는다. 개인의 기질, 가족 및 친구 네트워크, 사회적 기회 등이 모두 합쳐져 외로움과 고립의 위험을 경감시킨다. 예를 들어 우리가 아는 어떤 독신 여성 은퇴자 그룹은 아파트의 같은 동으로 이사하여 나이가 들어가면서 서로 도울 수 있었다. 이들은 정기적으로 놀러 나가고 식사를 같이하면서도 자신들의 사적인 생활 공간을 유지했다. 또 다른 사람들은 독신으로서 만족스런 은퇴 생활을 하기 위한 적극적 노력에 대해 다음과 같이 이야기한다.

> 나에게는 독신이면서 나와 비슷한 시기에 은퇴한 친구들이 몇 명 있다. 그래서 우리는 여러모로 서로 돕고 있다. 나는 항상 바쁘게 일하는 삶을 살았고, 인생을 항상 긍정적으로 바라보았다. 그래서 은퇴로 인해 직장 문제보다는 나의 개인적 열망에 좀 더 집중할 수 있게 되었다고 믿는다.

새로운 인연

앞에서 살펴본 것처럼 독신자들, 이혼한 사람들, 사별한 사람들은 은퇴하면 특히 더 외로움과 사회적 고립에 취약할 수 있다. 그러므로 은퇴 후에 새로운 인연을 구하거나 만나는 것은 놀라운 일이 아니다. 은퇴자들이 새로운 배우자를 구할 때 한 가지 문제는 더 이상 직장의 네트워크처럼 사회적으로 연결이 잘 되어 있지 않다는 점이다. 보통 재직 중에는 사람들을 만날 기회가 주어진다. 이때 한 가지 해결 방법은 온라인을 이용하는 것이다.

요즘은 만남을 위한 웹 사이트, 앱, 또는 소셜 미디어가 급격하게 확산되었고 젊은 사람 못지않게 나이 든 사람들도 이러한 수단을 새로운 친구와 연인을 만나는 통로로 생각한다. 그러나 일부 배우자가 될 가능성이 있는 진실한 사람들도 있는 반면 속임수를 써서 친구가 될 것처럼 기만하는 사람들도 있다. 신문을 비롯한 각종 매체에는 이러한 서비스를 이용한 은퇴자들이 이러저러한 사기의 피해자가 되었다는 이야기들이 넘쳐 난다. 피해자들이 전하는 부정적 경험 중에는 재정적 착취, 그럴듯한 거짓말, 원치 않는

성적 폭행 등이 있다. 그렇다면 노인들은 왜 이러한 사이트를 이용할까? 우정과 연애를 위해 사회적 연결망을 확장하고 상대방에 관해 알게 된다는 점이 이러한 만남 주선 사이트를 이용한 노인들이 밝힌 온라인 데이트의 장점이다. 사기꾼들은 돈, 선물, 신상 정보를 얻기 위해 이러한 요인을 이용한다. 그러나 애석하게도 사기인 것이 분명해지면 온라인으로 연인을 구하던 사람들은 경제적 피해뿐 아니라 감정적 피해까지 입는다. 적절한 주의와 안전 조치를 취하면 온라인 만남 주선 사이트가 성공적이고 오래가는 관계 형성으로 이어지기도 한다. 소기의 목적을 달성하지 못한다 하더라도 충분히 조심하면 그러한 사이트들은 재미있는 사람들을 만나고 사회적으로 참여하는 기회를 제공한다. 온라인에서 만나는 사람들이 모두 사기꾼은 아니다!

직장 동료와의 교류

은퇴를 하면 동료 집단과의 교제와 우정도 변화를 겪는다. 직장이 가진 여러 기능 중 하나가 사회적 유대 관계를 제공하는 것이다. 이 유대 관계는 상당히 광범위할 수 있어서 매일 일어나는 상호 작용뿐 아니라 다양한 퇴근 후의 사회적 기회와 행사들도 포함한다. 경우에 따라서는 가까운 우정도 형성되지만 우정까지는 아니더라도 대부분의 직장에는 함께 커피를 마시고 잡담할 사람들이 항상 주변에 있다. 동료들뿐 아니라 하루 동안 만나는 고객들도 오가며 흥미거리를 제공하고 사회적 상호 작용을 가능하게 한다. 말할 사람과 소재가 있는 것이다. 무엇을 가장 그리워하느냐는 질문에 은퇴자들은 친구와 동료들이라고 응답했다.

> [나는] 기꺼이 내 말을 들어주고 내 말에 동조해 주는 친구이기도 한 직장 동료와 함께 일하던 것이 [그립다].

> 직장 동료들의 동료애가 그립다.

성별 격차 연구에 따르면 은퇴 후 남성이 사회적으로 더 허탈하다는 느낌을 가질 수 있다. 앞서 살펴본 바와 같이 남성은 직장 이외의 사회적 관계망을 덜 구축하는 경향이 있기 때문이다. 예를 들면 호주 여성들은 자신들이 남성보다 비밀을 털어놓고 사회적 지지를 얻을 수 있는 친구들이 더 많고, 친구 및 가족들과 연락도 더 자주하고 외로움을 덜 느낀다고 인식하고 있었다.[10] 이러한 사회적 패턴은 직장 생활을 하는 동안에도 분명하고 은퇴 후에도 계속 이어진다. 은퇴자들을 대상으로 한 대규모 연구에 따르면 여성 은퇴자들이 남성 은퇴자들보다 가족과 더 많은 시간을 보내며, 친구들과 정기적으로 어울리고, 지역 사회 내에서 자원봉사를 하고, 다른 사람들에게 돌봄을 제공하는 것으로 나타났는데, 이 모든 것이 다 사회적 활동이다. 남성 은퇴자들은 은퇴 후에도 여성 은퇴자들보다 전일제 근무나 시간제 근무를 하며 시간을 보내는 비율이 높았다. 또 은퇴 전 경력을 활용하는 일에 계속 참가하거나 스포츠 활동에 참가했다. 이러한 활동들 또한 사회적 요소를 포함할 수 있지만 이는 주로 활동 자체가 중심일 가능성이 있으며, 친밀감과 사회적 지지는 얻지 못할 위험이 높다.[11]

일단 은퇴를 하면 직장 동료들과 관계를 계속 유지하기가 어려워진다. 동료들은 여전히 주중에는 바쁠 것이기 때문이다. 가까운 직장 동료와의 우정은 매일 볼 기회가 없으면 유지되기 어렵다. 따로 시간을 내 '만남'을 가지고 통화하는 일은 아직 직장을 다니고 있는 동료에게는 가족과 보내는 시간을 빼앗기는 결과가 될 수 있다. 은퇴 전에 많은 지인과 일로 쌓은 우정은 은퇴 후에는 재개되지 않는다. 물론 은퇴 후 사교 모임의 일부가 될 수 있게 전 직장 동료들과 적극적으로 우정을 유지하고 있는 은퇴자들도 많다. 그러나 대부분은 이미 알던 직장 외 사교 집단이 더 중요하기 때문에 새로운 그룹에 참여하고 동료 은퇴자들과 새로운 친분 관계를 쌓는 것은 어려운 일이 될 것이다. 은퇴 전 직장에 더 충실하고, 더 오랜 시간 일하고, 혼자 살거나, 가족과의 유대가 적은 사람들에게도 어려운 일일 것이다. 다음에서 다룰 외로움과 사회적 고립은 실제 상황이다.

사회적 유대와 외로움

최근 영국 『텔레그래프』에 실린 '구직: 은퇴 생활에 질린 외로운 사별 남(89) 고용 원함' 이라는 구직 광고 헤드라인은 외로움이 은퇴한 노인들에게 어느 정도까지 위험 요인이 될 수 있는지 통렬하게 일깨워 준다. 긍정적 혼인 관계가 외로움에 있어 가장 강력한 예방 요인 중 하나이므로 막 사별한 사람들은 외로움에 특히 취약하다. 외로운 사람들의 삶에서 부족한 것은 무엇일까? 영국의 '고독 극복 캠페인Campaign to End Loneliness'에서 65세 이상 노인들을 대상으로 실시한 설문 조사에 따르면, 때로는 우리가 너무나 당연하게 여기는 단순하고 평범한 상호 교류—같이 앉아 있는 것(54퍼센트가 이것을 그리워함), 함께 웃는 것(51퍼센트), 안아 주기(46퍼센트), 밥 같이 먹기(35퍼센트)—가 부족한 것으로 나타났다. 어느 87세 남자 노인은 자신의 외로움이 본인 위로 드리워진 '짙은 먹구름' 같다고 표현했다.[12]

강하고 친밀한 배우자 관계, 높은 교육과 소득 수준은 개인의 기질과 더불어 외로움의 예방 요인이다. 배우자와의 사별 같은 사건이 외로움을 더 심화시킬 수 있지만 전반적으로 볼 때 외로움은 인생을 통틀어 그리 많이 변하지 않는다. 특별히 외롭다고 느껴본 적이 없는 사람들은 사별 증후군 같은 좌절로부터 결국에는 회복한다. (물론 그렇다고 사별로 인한 충격을 과소평가하는 것은 아니다.) 신문 구직 광고 속 외로운 사별 남은 이미 자신의 삶을 향상시키기 위한 긍정적 대응 전략을 실행에 옮긴 것이다. 여기서 가장 중요한 것은 도움과 지원을 요청했다는 사실이다.

외로움의 독립적 위험 요소는 남성, 신체적 건강 문제, 만성적인 직무 스트레스 또는 만성적인 사회적 스트레스, 협소한 사회적 관계망, 친밀한 친구 같은 배우자의 부재, 질 낮은 사회적 관계이다.[13] 아프고 스트레스가 많은 사람들에게는 우정을 쌓거나 유지시킬 자원이 적다. 예를 들면 그들은 다른 사람들을 방문하거나 모임이나 이해관계 집단을 방문할 이동 수단조차 없을 수 있다. 사회적 네트워크가 협소하다는 것은 친구들이 이주하거나, 이동이 어려워지거나, 결국 사망하게 되어 점점 더 유대 관계가 줄어든다는 것을 뜻한다. 앞에서 살펴본 대로 남성들의 사교는 여성보다 전형적으로 활동에 근거하고 덜 친밀해서, 이러한 남성들의 우정은 은퇴나 노화로 인한 장애 같은 인생의 변화가 생기면 더 쉽게 사라질 가능성이 있다.

외로움을 줄이는 중요한 요인은 사회적 유대이다. 이것은 사회 집단에 소속감을 갖는 것으로 표현된다. 이 집단 내에는 신뢰, 공동의 목적, 서로에 대한 의무가 존재해야 한다. 사회적 유대가 부족한 것은 외로움과는 다르다. 사람들과 사회적 유대 관계를 맺고 있으면서도 외롭다고 느낄 수 있고, 사회적으로 고립되었으면서도 만족할 수 있기 때문이다. 그럼에도 불구하고 대부분의 사람들에게 사회적 고립과 외로움은 강한 관련이 있다. 여러 연구들이 사회적 유대가 신체적, 심리적 건강에 미치는 이익을 보여 준다. 사회적 유대는 은퇴로의 전환과 노화로 인한 변화를 포함해 일상의 우여곡절에 대처할 수 있게 돕는, 회복력을 주는 요인이다. 사회적 유대가 있는 사람들이 동료 의식을 더 많이 경험하고, 권태를 경감할 수 있는 활동을 더 많이 선택할 수 있으며, 스트레스나 어려움이 있을 때 주변에 도움을 더 많이 요청할 수 있다. 거의 150건에 이르는 연구 결과를 분석한 보고서에 따르면 사회적 유대 수준이 낮은 사람들은 흡연, 음주, 비만인 사람들보다 조기 사망 위험이 더 큰 것으로 나타났다.[14] 외로움이 건강 악화로 이어지게 만드는 위험 요소이긴 하지만 일부 연구자들은 그보다 더 강력한 요소가 사회적 유대의 부족이라고 결론지었다.[15]

한 흥미로운 연구에서 영국 은퇴자 집단을 은퇴 후 첫 6년간 추적 조사했다. 설문지를 통해 참가자들의 사회 집단 소속 여부와 은퇴 후 삶의 질을 조사하고 같은 내용으로 6년 후에 재조사를 실시했다. 연구가 진행되는 동안 사망률도 점검했다. 연구 대상자들의 사회 집단 참여는 매우 다양했다. 여기에는 독서 모임, 스포츠 팀, 노동조합, 종교 관련 공부 모임이 포함되었다. 은퇴 전환기에 더 많은 사회적 집단에 참여한 은퇴자들, 은퇴 후에도 이들 집단에서 활동하는 은퇴자들은 참여 집단이 더 적고 기간이 더 짧은 은퇴자들보다 삶의 질이 더 높고 수명이 더 긴 것으로 나타났다. 이러한 패턴은 연구 기간 동안 은퇴하지 않은 대응 집단에서는 분명하게 나타나지 않았기 때문에, 연구 저자들은 집단에 소속되는 것이 은퇴 후 새로운 환경에 적응하는 과정에 분명히 일정한 역할을 한다고 판단했다(p. 6). 게다가 삶의 질과 수명에 미치는 이러한 영향은 노년기 건강 유지에 중요하다고 확인된 요소인 신체적 활동의 효과와 비견될 정도였다.[16]

직장에서 은퇴하는 것은 사회적 유대 상실 위험을 확실히 증가시킨다. 우리가 조사한 은퇴자 중 상당수가 외로움과 사회적 고립이 은퇴의 최악의 측면이라고 응답했다. 한 응답자의 말대로 '처음에 나는 너무나 고립되었고 외롭다고 느꼈고 하고 싶은 것이라곤 웅크리고 앉아 우는 것뿐이었다.' 이 여성은 자신의 사회적 연결망을 활용하는 데 착

수해 자기가 좋아하는 분야의 몇몇 모임에 합류하고 나서 상황을 되돌릴 수 있었다. 그리고 마침내 '이제 내게는 새 친구들이 있고 많은 활동을 즐기고 있다'고 말할 수 있게 되었다.

노인들의 사회적 고립은 신체적, 정신적 건강에 부정적 영향을 미치고 사망 위험을 높이며 인지 기능 저하의 원인이 될 수 있다. 또한 은퇴자들이 사기와 다른 형태의 노인 학대에 취약해지게 만든다.[17] 이는 명백한 건강상의 위험이다. 사회적 고립과 그로 인한 부정적 영향을 줄이는 데 어떤 전략이 도움이 될까?

사회적 고립의 극복

은퇴 초기, 아직 몸이 탄탄하고, 건강하고, 활력이 있을 때가 직장을 떠난 결과 없어지거나 줄어든 네트워크를 새롭게 재정립하기에 좋은 시기이다. 다른 은퇴자들이나 예전 직장 동료들과 정기적 모임을 주선하고, 기존 친구 그룹에 좀 더 적극적으로 참여하고, 모임에 가입하고, 다른 사람들과 상호 교류할 수 있는 취미를 시작하거나, 다음 제안 중 하나를 실행해 볼 수 있다.

자원봉사는 은퇴자의 외로움을 줄일 수 있는 한 가지 방법이다. 자원봉사가 가치 있는 공동 목표를 향해 다른 사람들과 같이 일하고, 새로운 친구를 사귀고, 사회적 유대를 증진시킬 기회를 제공하기 때문이다. 다양한 모임이나 기관들은 종종 그룹 중심의 자원봉사를 사회적인 스포츠나 교육 활동과 연계한다. 여러 연구에 의하면 자원봉사는 노인들에게 긍정적인 신체적, 정신적 혜택을 가져다주는 것으로 나타났다. 이러한 혜택의 예에는 자존감, 자기 효능감, 삶의 만족도 상승과 심지어 사망률 감소도 포함된다. 자원봉사나 '시민으로서 참여'하는 활동은 은퇴 기간 내내 발생하는 역할 상실을 포함하여 노년기에 직면하는 역할 상실을 부분적으로 상쇄한다는 증거가 있다.[18]

또 다른 전략은 노인들에게 열려 있는 많은 교육 기회를 이용하는 것이다. 항상 하고 싶었던 강좌를 듣거나 이미 가지고 있는 기술이나 지식을 더 개발하는 것은 비슷한 생각을 가진 사람들을 만나는 훌륭한 방법이다. 노인들의 외로움을 해결하기 위한 다양한 유형의 개입에 관해 조사한 연구에서는 고립을 물리치는 가장 효과적인 프로그램에 교육 또는 훈련의 요소가 포함되어 있다는 점을 발견했다. 이러한 예에는 건강 관련 주제에 대한 강좌, 컴퓨터 강좌, 운동 강좌가 있다.[19] 노인들을 위한 그룹 운동은 특히 효과적이며 건강 상태와 유연성을 증대시키는 부가적 혜택이 있다.

새로운 일을 시작하는 것도 몸 상태가 적합하고 건강한 사람들에게는 또 다른 가능성일 수 있다. 이제까지 살펴본 것처럼 요즘은 은퇴가 반드시 일을 '단번에 끊는' 것을 의미하지는 않는다. 많은 경우 은퇴자들은 자신의 '주요' 업무나 경력에서 은퇴한 후에도 일정 기간 동안 시간제나 전일제로 일한다. 이러한 전략은 재정적으로 도움이 될 뿐 아니라, 새로운 친구를 사귀고 새로운 사회적 역할을 개발하는 방법이기도 하다. 영국, 호주, 유럽의 일부 지역을 중심으로 한 '맨즈 쉐드 운동Men's Shed Movement' 같은 성별을 바탕으로 한 조직들도 직장 중심의 사회적 네트워크를 상실한 남성 은퇴자들에게 도움이 될 수 있다. 맨즈 쉐드 운동은 다양한 전략을 통해 신체적, 심리적 건강을 증진하도록 설계되어 있다. 이 전략에는 노인들에게 제공되는 건강 검진을 받도록 장려하고, 남성 노인들의 건강 문제에 대한 정보를 제공한다. 또 정신적 질환, 특히 우울증에 대한 낙인을 없애는 노력이 포함되어 있다. 이 단체의 지부 사무실은 관심 주제에 대한 그룹 발표가 이따금씩 이뤄지기는 하지만 누구나 '편하게 들를' 수 있는 모델을 기반으로 하고, 격식을 따지지 않으며 활동이 중심이다. 남성들은 집단이나 개인별로 목공 작업이나 낡은 차를 수리할 수도 있다. 여기서 목표는 남과 어울리기 좋아하지만 자신을 꼭 '회원'으로 규정하고 싶지는 않은 남성들의 취향에 맞추는 것이다.

페이스북이나 다른 기술 기반 집단들도 지리적으로 고립되어 있거나 이동이 제한된 사람들을 연결하는 방법을 제공할 수 있다. 한 가지 주의할 점은 사회적 접촉을 과학기술에 과하게 의존하는 경우에는 온라인 만남이 어느 정도 있더라도 직접적인 만남으로 이어지지 않을 때에 더 심한 고립감으로 이어질 수 있다. '스타트 앳 식스티Starts at 60'와 같이 평판이 좋은 시니어들을 위한 온라인 커뮤니티는 지역 모임과 다른 커뮤니티 활동을 장려하여 실제로 서로 어울리고 새로운 친구를 사귈 수 있는 기회를 제공한다.

이러한 전략이 모든 사람에게 통하지는 않지만 집단 중

심의 삶은 사회적 고립을 극복하는 또 다른 가능한 방법이다. 일부 은퇴자들은 여러 세대가 함께 사는 가정을 꾸미기 위해 자신의 자녀나 손주들과 살림을 합치기도 한다. 이렇게 하면 많은 사회적, 재정적 혜택이 따르지만 서로 간에 기대가 다를 수 있고, 경계를 존중하지 않으면 가족 관계에 갈등을 초래할 수 있다. 독신이거나, 사별했거나, 이혼한 은퇴자들은 종종 마음이 맞는 친구들과 공동생활을 하거나 서로 이웃한 아파트에 살기도 한다. 여가 활동, 일상의 잡일, 비용 등을 공동으로 부담할 수도 있다. 이러한 상황이 잘 조성되면 그룹에 속하는 사람들이 어려울 때 서로 돕고 지원을 제공할 수 있다. 하지만 여기서도 역시 서로의 명확한 기대와 중병과 같은 비상사태와 관련해 모든 발생 가능한 상황을 미리 고려하는 것이 중요하다. 은퇴자 마을도 사회적 활동, 유대, 지원을 제공할 수 있는 다른 형태의 집단생활이다. 은퇴자 마을의 잠재적 함정(특히 재정 문제)에 관해 다룬 많은 기사들이 있지만 어떤 은퇴자들에게는 분명 매우 적합하다. 어떤 형태로든 집단 주거로 옮겨 가는 것에 대해 조언하자면, 구입하거나 금액을 지불하기 전에 자신에게 맞는지 아닌지를 평가할 수 있게 새로운 방식을 시도해 보고, 재정 상담가나 믿을 만한 친구들과 그로 인한 경제적 영향을 논의할 것을 권한다.

물론 사회적 유대를 강화하는 데 이사처럼 중대한 삶의 변화가 꼭 필요한 것은 아니다. 애완견이나 다른 애완동물을 키우는 것도, 애완동물 모임에 가입하거나 그냥 산책을 함으로써 다른 사람들과 함께하고, 운동하고, 만나고, 잡담할 기회를 제공한다. 애완동물을 기르는 것이 노인들의 행복 증진과 관련이 있으며 그 효과 중 하나가 외로움을 덜어 주는 것이라는 많은 연구 결과가 있다.[20] 사람들과 어울리기 위해서 몇몇 은퇴자들은 전 직장 동료 모임에 가입하여 이전 직장 동료들과 연락을 유지한다. 다른 사람들은 이웃을 사귀려고 특별한 노력을 기울이거나 그동안 일과 가정의 압력 때문에 제쳐 두었던 젊은 시절 친구들을 찾는다. 어떤 사람들은 그저 단순히 오랜 친구 관계와 사회적 집단에 참여하는 시간을 보내는 것을 즐긴다. 여기서 중심 메시지는 은퇴 후 사회적 접촉을 유지하는 것이 건강과 행복에 매우 중요하다는 것이다. 사회적 고립이라는 건강에 해로운 가능성을 막으려면 많은 사람들이 의도적으로 노력해야 할 것이다.

06

은퇴 후 정체성 재정립

“무슨 일을 하시나요?” 흔히 대화를 시작하는 이 말은 일의 사회적 가치뿐 아니라, 누군가의 직업이 종종 사회적 지위의 지표로 간주되는 방식과 세상에 대한 태도를 나타낸다. 이 질문에 대한 답이 의사, 교사, 점원, 기계공 또는 다른 어떤 직업이든 세상에서는 그 일이 가지는 규범과 그 사람을 동일시한다. 직업의 명칭은 사람들에게 무엇을 하는지 뿐만 아니라 그 사람에 관한 무언가를 말해 준다. 사람들의 정체성의 일부이다.

그렇다면 하는 일이 무엇이냐는 질문에 대한 대답으로

'은퇴했다'는 어떤 메시지를 전달할까? 이번 장에서는 은퇴로의 여정에서 일어나는 자아의식의 심리적 재조정에 관해 다룬다.

정체성 혼란 요인

심리적 정체성이란 무슨 뜻일까? 정체성 의식은 일반적으로 자신이 누구이고 자신에게 무엇이 중요한지를 알고, 자신의 인생 목표와 목적을 분명히 알고 있는 것으로 묘사된다. 발달 심리학 문헌에서는 청소년기를 정체성 의식이 제대로 발달하는 데 중요한 인생 단계라고 본다. 이때 제대로 발달이 이루어지지 않으면 비참여 무관심uncommitted apathy이라는 역할 혼란이 초래된다. 사회적 가치와 목적을 지닌 역할을 선택하고, 그 안에서 성공하는 길은 정체성 발달로 이어지는 가장 규범적 경로를 제시한다. 청소년들에게 이 경로는 자신에게 의미 있는 전공, 일 또는 경력 선택을 의미하며 이러한 것들이 기능적 성인의 삶으로 인도한다. 이론가들은 젊은이들이 인생에서 이러한 방향을 찾느라 분투하기 때문에 '정체성 혼란'은 청소년기를 규정하는 특징의 하나라고 전제한다.

중년기와 노년기에 이르면 정체성이 상대적으로 안정되고 역할 혼돈은 잘 생기지 않는 것으로 추정된다. 어쨌든 자신이 누구이고 어디를 향해 가고 있는지 대부분의 시간 동안에는 안다. 대부분 성인이 그렇지는 않다 하더라도 많은 사람들에게 있어 정체성의 중요한 측면은 자신이 하는 일과 관련이 있다. 유급 노동은 삶에서 중요한 역할을 하는데 꼭 이 역할을 수행하느라 보낸 시간 때문만은 아니다. 일은 개인에게 사회적 지위와 사회적 피드백을 준다. 또한 일은 성인으로서 역할을 수행할 수 있게 해 주어 자아의식에 중요하게 기여한다. 이 역할에는 ('게으름뱅이' 나 '실업 수당으로 살아가는 사기꾼'이 아니라) 가족을 부양하는 가장이나 책임 있는 지역 사회의 일원으로 인식되는 것이 포함된다.

일부 논문 저자들은 은퇴가 새로운 정체성 혼돈을 초래한다고 말한다. 정말 그럴까? 어떤 은퇴자는 그런 것으로 보인다. 안정적 정체성의 핵심은 당연히 청소년에서 성인으로 성숙해진 결과이지만, 모든 주요 삶의 변화는 자신의 정체성에 대한 의문으로 이어지며, 역할과 삶의 목적을 재조정하고 재협상할 필요가 생겨난다. 결혼, 부모가 되는 것, 이혼, 이주, 은퇴는 모두 개인의 자아의식의 변형으로 이어지는, 삶을 바꾸는 사건들이다. 이 과정이 어떤 사람들에게는 불안과 스트레스를, 다른 사람들에게는 흥분을, 대부분의 사람들에게는 이러한 것들이 뒤섞인 감정을 불러일으킨다. 역할이 추가되거나 없어지면서 정체성을 이루는 여러 측면이 해체되거나 강화되어 이전과 다른, 더 복잡한 전체를 형성한다. 이러한 과정이 일어나는 동안 생기는 심리·사회적 '위기'의 정도는 그 삶을 바꾸는 변화의 규모, 본질, 속도, 개인의 일에 대한 애착 정도, 개인의 기질, 사회적 지원 가능성, 다가올 역할이 얼마나 바람직한지의 정도에 따라 달라질 가능성이 있다. 이전 장에서 은퇴 후 만족과 적응이 여러 다른 변수와 관련이 있다는 증거를 제시한 바 있다. 그 변수에는 은퇴를 계획하고 은퇴 시기를 선택할 수 있는 기회(1장), 은퇴자가 사회적 지원과 연결을 제공받을 수 있는 정도(5장)가 포함되었다. 이제 은퇴로 인한 전환에 대처하는 데 직업 정체성이 미치는 영향을 알아보자.

직업 정체성과 은퇴 후 적응

여성 은퇴자들을 대상으로 한 우리의 대규모 연구에 참가한 이들에게 '직장 생활에 관해 무엇이 가장 그립나요?'라고 질문했다. 많은 사람들이 '전혀 그리워하지 않는다' 또는 '돈'이라고 응답한 반면, 상당수의 응답은 정체성에서 일의 역할과 의미 창출이라는 단어로 표현되었다.

> [나는] 스스로를 가치 있다고 느끼던 때가 그립다. 아무래도 난 무슨 일을 하느냐의 관점에서 자신의 가치를 평가하는 세대에 속한 것 같다. 내 정체성을 잃어버린 느낌이다.

> [나는] 정체성과 내가 받았던 인정, 그리고 목적의식/어려운 일을 성취하여 얻은 목적의식과 가치가 있다는 느낌이 [그립다].

다른 사람들은 '투명 인간 같이 느껴진다', '목적의식을 상실했다' 또는 '무언가 보탬이 되는 존재였던 내가 그립다'라고 응답했다.

또한 우리는 이 여성 은퇴자들에게 일하는 이유에 관해 질문하고, 일하는 동기 열 가지 문항에 대해 '매우 중요하다', '중요하다', '중요하지 않다'로 평가할 기회를 주었다. 몇 가지 문항은 응답자들이 직장의 활동과 목표를 중심으로 개인적 정체성을 형성하는 경향을 더 강하게 나타내 주는 것으로 구성했다. 이들 문항에는 일이 '내가 누구인지에 대한 나의 의식에 기여한다', '나의 자존감에 기여한다', '지적 자극을 준다', '내가 기여하고 있다는 의식을 준다'는 항목이 포함되었다. 연구 대상자들 중 교육 수준이 높은 집단에서 앞서 언급한 이유들이 매우 중요하다고 응답한 비율이 상당히 높게 나타났다(각각 56, 52, 69, 60퍼센트). 우리는 이 항목들을 직업 정체성을 측정하는 척도로 사용했다. 그리고 전문직이나 관리직에서 은퇴한 사람들이 더 낮은 직책을 담당했던 은퇴자들보다 이 정체성 측면에서 매우 높은 점수를 기록했다는 사실을 발견했다. 이와 비슷하게, 교육 수준이 높을수록 직업 정체성과 더 강한 연관성을 보였다. 이 연구 결과는 사회적으로 가치를 인정받는 직업이나 더 오랜 기간 수련을 받았거나 더 적극적으로 훈련을 받은 사람들은 자신의 직장에서의 역할을 자아의식의 중요한 측면으로 여길 가능성이 더 높다는 기존 조직 심리학의 일반적 합의를 단순히 다시 증명한 것이다. 이러한 결과는 남성과 여성 모두에게 해당되었다.

우리는 다양한 통계 기법을 활용하여 직업 정체성이 은퇴 후 적응과 얼마나 관련이 있는지를 조사했다. 예측했던 대로 자신의 직업 역할과 더 강한 유대를 가진 사람들은 유대가 약한 사람들보다 은퇴 후 생활에 대한 만족감이 더 낮았다. 이는 비록 매우 작은 영향이지만 통계적으로 유의미한 효과였다. 그러나 심지어 직업 정체성과 매우 강한 유대를 보인 사람들 사이에서도 은퇴 후 생활에 대한 불만족 정도에는 많은 개인차가 존재했다. 예를 들면 불만족 정도는 개인이 은퇴한 후 얼마나 경과되었는지에 따라 달랐다. 불만족은 최근에 직장을 그만둔 은퇴자들에게서 더 많이 찾아볼 수 있었다. 은퇴한 지 오랜 시간이 경과한 사람들은 적응할 시간이 더 많았고, 그 결과 자신의 새로운 역할을 더 편안히 여길 수 있었다. 직업 정체성의 영향을 변화시킨 다른 요인으로는 은퇴 후 참가한 활동의 수와 사회적 유대에 대한 만족도를 들 수 있다. 은퇴 후 다양한 역할을 맡은 사람들과 더 사회적으로 연결되어 있다고 느끼는 사람들은 시간이 지나면 직업 역할의 상실과 관련된 부정적 감정을 더 잘 극복하는 것으로 나타났다.

이러한 결과는 전혀 놀랍지 않다. 자신의 직업에 몰두하고, 오랜 시간 일하고, 내내 일에 대해 생각하는 '일중독자'들은 지역 사회에 대한 책임감을 개발하고, 이웃과 사귀고, 우정을 유지하고 발전시키거나 취미와 관심사를 즐길 시간이 부족하다. 이러한 사람들은 자신의 신분 변화를 받아들이고, 새로운 역할을 실험해 보고, 자신의 열정을 새로운 방향으로 쏟을 시간이 필요하다. 2장에서 살펴보았듯이 은퇴는 단순히 상태의 변화가 아니라 심리적 여정이다.

직업 정체성과 은퇴 후 적응의 연관성에 대한 여러 이전 연구에서 도출된 결과는 불분명하다. 어떤 결과는 이 둘 사이에 양의 상관관계가 있다는 것을 보여 주는 반면 다른 결과들은 우리의 결과와 마찬가지로 음의 상관관계를 보여 준다.[1] 이러한 결과의 다양성은 최소한 두 가지 이유에서 나오는 것 같다. 첫째, 연구들이 각기 다른 결과 측정 기준을 채택했기 때문이다. 예를 들면 이러한 기준에는 자존감, 은퇴 후 적응, 또는 삶의 만족도가 포함된다. 우리는 직업 정체성이 은퇴 후 삶의 만족도에 부정적인 영향을 미치는 것을 발견했다. 하지만 이는 전반적 삶의 만족도와는 관련이 없어서 직업 정체성이 모든 부분에 두루 영향을 주는 것은 아니라는 것을 알 수 있었다. 두 번째 문제는 은퇴 후 적응에 영향을 미치는 너무나 많은 요인이 존재하고, 모든 연구들이 이러한 다양한 요인들을 전부 통제할 수는 없다는 점이다. 우리는 직업 정체성이 시간이 경과하면 줄어든다는 것을 발견했고 다른 연구들도 은퇴 후 세월이 지날수록 재직 시절의 영향이 현재의 적응에 영향을 덜 준다는 점을 보여 준다.[2] 친구 관계의 강도와 새로운 활동이 주는 즐거움 같은 다른 영향이 그 자리를 대신했다.

'고령 근로자의 직업 정체성'이라는 개념은 은퇴 후 쉽게 적응하거나 적응을 어렵게 만드는 데 영향을 미친다고 추정되었다. 고령 근로자 직업 정체성은 나이로 인해 개인이 직무를 성공적으로 수행하는 능력이 감퇴한다고 스스로 믿는 것을 말한다. 기존 직업 정체성 척도의 측정을 위한 항목을 예로 들면 다음과 같다. '업무 수행에 효율성이 떨어졌다', '내가 맡은 업무를 수행할 때 창의력이 줄어들었다', '더 이상 업무를 완수할 동기가 부여되지 않는다', '점점 더 적응하지 못하고 융통성이 없어진다' 등이 포함된다.[3] 흥미롭게도 몇몇 연구에서 고령 노동자 직업 정체성이 은퇴하고자 하는 의사와 관련이 있는 것으로 나타났지만, 막상 은퇴 후 적응을 수월하게 만들었다는 결과는 나타나지 않았다.[4] 이는 이 정체성에 노화와 수행 능력에 대한 부정적 믿음이 포함되어 있기 때문일 수 있다. 능력과 자신감이 저하된다는 느낌은, 새로운 목표를 성취하기 위해 은퇴하는 것과 비교해 볼 때, 은퇴 후 삶에 좀 더 부정적 색조를 입힌다.

성별 차이

은퇴 후 적응에 관한 여러 초기 연구는 남성이 여성보다 이 전환에 대처하는 데 어려움을 겪는다고 결론지었다. 그 이유는 남성들의 직업에 대한 애착(또는 직업 정체성)이 여성보다 더 강하고, 사회적 네트워크는 더 약하며, 가정과 지역 사회에 대한 의무를 뜻하는 '업무 이외의 일과'가 더 적기 때문이다.[5] 이러한 초기 연구에서는 지난 20년에서 50년에 걸친 여성 고용의 급성장이나 여성의 고위직 진출을 고려하지 않았다. 좀 더 최근의 연구에서는 여성이 남성보다 (재정적 안정을 포함하여) 직업적 목표를 덜 달성한 상태로 은퇴할 가능성이 높기 때문에 이 은퇴 전환을 더 어려워할 것이라고 가정한다. 이러한 상태는 여성들의 흔한 업무 패턴으로 인한 결과라고 이야기하며, 여기에는 여성의 휴직과 일반적으로 남성보다 보수가 낮은 업무 형태가 포함된다.

직업 정체성과 은퇴 후 적응에 모두 성별 차이가 존재한다는 해설과 견해가 많지만 최근에 나온 증거는 드물다. 50세에서 65세까지의 은퇴자들(남성 22명과 여성 26명)을 대상으로 한 질적 연구에서는 '전통적 성 역할이 지배적인 역할을 했다'는 사실이 밝혀졌고 아울러 남성들이 은퇴에 대해 더 부정적인 감정을 느끼고 직업 역할을 자기 정체성의 중심으로 볼 가능성이 높았다. 예를 들면 한 남성은 자신이 정리 해고를 당했을 때 정체성 상실감, 분노, 지역 사회에서 자신의(그리고 가족의) 지위 하락을 얼마나 크게 느꼈는지 묘사했다. 심지어 그는 재정적으로 안정되어 있었고, 바로 이어 다른 곳에 취직했고, 업무 외에도 여러 다른 관심사가 있는 상황이었다. 이러한 반응이 남성에게서 더 흔한 반면 일부 여성들도 마찬가지의 경험을 했다. 예를 들면 60세에 강제로 퇴직하게 된 어느 교사는 자신의 감정을 비통함, 즉 일종의 자아 상실에 대한 애도 반응에 비유했다. 그렇기는 하지만, 논문 저자들의 결론에 따르면 샘플 참가자들 사이에 전통적 성 역할의 우세로 인해 자신들이 인터뷰한 남성들이 은퇴로 전환하는 데 더 어려움을 겪었다고 한다. 은퇴가 남성의 정체성이라고 인식했던 중요한 측면을 박탈했기 때문이었다. 가정 중심의, 가정 내 역할, 여가 취미 생활 등은 이러한 상실감을 제대로 보상하지 못했다.[6]

최근의 한 질적 연구에서는 55세에서 77세에 이르는 남성 전문 엔지니어 34명을 대상으로 직업 발달의 마지막 단계에 대해 인터뷰했다.[7] 은퇴를 콕 집어 언급하지 않았는데도 많은 응답자가 대부분 '문제' 또는 '어려움' 같은 부정적 언어를 사용하여 은퇴에 관해 말했다. 응답자들은 재정적 어려움, 사회적 고립(하루에 60명과 이야기하다가 고양이와 대화하는 것으로 옮겨 가는), 시간을 채울 다른 관심거리의 부족, 노화에 대한 두려움('문을 닫는 것, 들판에서 풀 뜯는 은퇴한 말' 등의 표현으로), 그리고 의미심장하게는, 정체성의 상실('내게는 더 이상 직책이 주는 권위가 없어질 것이다', '자신의 가치를 계속 보존해 주는 무언가가 필요해 보인다')을 예측했다. 직업 경력의 후반부 단계에 있는 이들 엔지니어는 자신들의 정체성을 현명한 선임자, 지식의 수호자, 목적과 가치를 지닌 사람들이라는 개념을 중심으로 형성했다. 이들은 노화와 은퇴로 인해 자신들의 기여가 무효화되고 그럼으로써 인간으로서의 가치까지 없어진다는 믿음으로 힘들어 했다. 분노와 미래에 대한 어느 정도의 두려움('아무도 나를 책임져 주지 않을 것이다…….')이 분명하게 드러났다.

몇몇 연구에서는 은퇴의 여정을 거치는 동안 여성도 남성과 비슷한 어려움을 겪는지 확인하기 위해 은퇴한 전문직 여성을 중점적으로 조사했다. 그중 한 연구에서는 은퇴한 지 7년에서 15년이 경과한 64세에서 82세에 이르는 전문직 여성 열네 명을 각각 두 차례에 걸쳐 인터뷰했다. 연구에서는 이들 여성이 은퇴와 그에 따른 전환, 특히 정체성과 삶의 역할 변화에 어떻게 대처하고 있는지 조사하고자 했다.[8] 몇몇 응답자는 자신들이 처음 은퇴했을 때 '역할 없음'에 어떻게 맞닥뜨렸는지, 새로운 인생 목표를 찾기 위해 얼마나 애썼는지를 되짚으며 털어놓았다. 그러나 여성들 대부분은 자아의식이나 정체성 의식의 해체가 지속된다고 응답하지는 않았다. 한 여성은 이러한 일반적 연구 결과를 다음과 같이 멋지게 요약했다.

> 나는 언제나 스스로를 직업인이 아니라 한 인간으로 생각했다. 어떤 사람들은 자신이 곧 직업이고 그게 전부다. 그러나 아! 나에게는 흥미를 느끼는 일들이 충분히 많고 변하지 않는 것을 하고 싶었다.[9]

이 여성들은 자아 개념의 통합성을 유지하기 위한 세 가지 전략을 채택했다. 첫째, 이들은 강력한, 종종 다면적인, 은퇴 전 자아 개념을 드러냈다. 몇몇 여성들은 가족, 지역 사회, 친구 관계에서의 역할 같은 자신들의 직업 외 역할의 중요성에 주목했다. 둘째, 열네 명 중 열세 명의 여성은 은퇴 후에도 자신의 전문 기술을 이러저러한 방식으로 계속 현실에서 사용했다. 이들은 이러한 연속성이 자신들이 유능하다는 의식을 유지하는 데 도움이 되었다고 응답했다. 마지막으로 많은 연구 참가자들이 일단 은퇴하여 시간의 여유가 있을 때 새로운 기술과 관심거리를 찾는 일의 가치를 강조했다. 실제로 모든 여성들은 '역할 확장', 즉 직장에서의 전문적 역할을 자신들이 종사했던 분야의 자원봉사, 협의회 활동, 멘토링, 또는 시간제 근무/임시직 같은 대안적 역할(예를 들면 기간제 보조 교사)로 대체하고 있었다.

이 연구에 참여한 여성들은 은퇴로 인해 예상되는 결과로 정체성 해체를 인식하고 있었다. 동시에 은퇴 이전 자신들이 가진 여러 측면의 페르소나를 계속 유지하고 역할과 목표를 확장할 새로운 기회를 수용함으로써 탄탄한 자아의식을 유지할 수 있는 적극적 조치를 취했다. 전문직 여성들을 대상으로 한 다른 소규모 심층 인터뷰 연구에서도 이와 매우 유사한 결과가 도출되었다. 이 연구에 따르면 이들은 은퇴자로서의 새로운 정체성을 재정립하기 위한 심리적 '작업'을 하고 있었다. 이들의 전략에는 개인의 역량 같은 직업 정체성의 주요 요소를 은퇴에도 적용하기, 자원봉사와 남을 돕는 일을 통해 새로운 역할을 개발하기, 새로운 기술을 계속 학습하기, 사회적 네트워크 구축에 집중하기 등이 포함되었다.[10]

은퇴 후 적응에 있어서 성별 역할에 관하여는 추가 연구가 필요해 보인다. 그 이유로는 첫째, 성공적이고 만족스러운 은퇴 생활을 하고 있는 남성들이 채택한 전략의 특징들과 정체성 재정립 전략에 대한 조사가 부족하다. 둘째, 과거보다는 양성평등이 (어느 정도는) 더 실현된 현대의 직업 상황을 반영하기 위해 몇몇 성별 차이에 관한 초기 대규모 연구를 다시 시행할 필요가 있다.

한번 직장인은 영원한 직장인?

이번 장에서 우리는 개인의 정체성 의식이 직업 역할을 떠남으로써 어떻게 해체될 수 있는지와 이러한 해체가 은퇴 후 적응에 어떻게 영향을 미칠 수 있는지 살펴보았다. 또한 은퇴자들이 자신을 은퇴자로 재정의하고 자신의 정체성을 수정하는 데 활용하는 몇 가지 전략에 대해서도 알아보았다. 이번에는 은퇴자의 자기 정의에서 직업 정체성이 중요하고 건강한 일부분으로 유지될 수 있고 실제로도 종종 그렇다는 점을 상기시키면서 한 걸음 물러서고자 한다. 이번 장을 시작하면서 제시한 '무슨 일을 하시나요?'라는 질문에 많은 은퇴자들은 '은퇴한 교사/의사/관리자/전기 기술자'라고 답할 것이다. 이러한 자기표현은 종종 단순히 과거의 역할을 언급하는 수준을 넘어 은퇴 후 현재의 활동에 대해 무엇인가를 함축한다. 그다음에 이어지는 자기표현은 두 가지 범주 중 하나에 해당될 가능성이 높다. 첫째는 자신의 과거 역할이 어떻게 새 역할에 반영되었는지에 관한 설명이다. 예를 들면 '나는 은퇴한 교사로, 현재는 임시교사를/새로 온 이민자들에게 영어를 가르치는 자원봉사를/학원 운영을 하고 있다'는 식이 될 것이다. 둘째는 어떻게 예전 역할을 떠나 새로운 다른 역할을 맡게 되었는지에 대한 설명이다. 예를 들면 '나는 은퇴 교사로, 지금은 미술을 공부하는/여행사를 차리려고 하는/우주선에 관한 소설을 쓰는 사람이다.'

은퇴 연구가 라이체스와 무트란의 표현처럼 '은퇴자들은 은퇴 후에도 여전히 예전 직업의 관점에서 자신을 생각한다. 더 이상 그 역할을 맡고 있지 않지만 그 정체성은 계속 남아 있다.'[11] 은퇴 후의 자아의식은 새로운 역할과 은퇴 전 역할이 혼합되어 형성된다.

58세에서 70세에 이르는 792명(443명은 은퇴자, 349명은 재직자)을 대상으로 한 스위스의 연구에서는 은퇴 후에도 잔존하는 직업 정체성 문제를 다루었다.[12] 이 연구의 주 목표는 은퇴자들의 자기 이미지가 현직에 있는 사람들과 어떻게 다른지를 조사하는 것이었다. 참가자들에게 직업적 역할과 가족 내 역할 같은 다른 자기표현 영역의 중요성에 등급을 매기도록 요청했다. 그 결과 은퇴자들의 자기표현에 있어 직업적 영역은 현직에 있는 사람들만큼이나 중요한 것으로 나타났다. 일반적으로 은퇴한 응답자들은 '정체성이 좀 더 다양'했으며 아직 은퇴하지 않은 응답자들보다 더 많은 자기표현 영역을 중요하다고 평가했다. 은퇴 이후에는 자기표현에 있어 중요하지 않은 영역이 없었다. 부가적으로 다양한 정체성은 높은 삶의 만족도와 상관관계가 있었다. 더 많은 역할이 자신들에게 중요하다고 평가한 노인일수록 일을 하든 은퇴를 했든 더 행복한 경향을 보였다.

은퇴자들이 자기 직업 정체성의 중요성을 유지하기 위해 구사하는 다양한 전략들이 있다. 어떤 전략이 가장 매력적으로 여겨지는지는 그들이 은퇴 전 종사했던 직업의 유형과 직장의 유형에 의해 좌우된다. 예를 들어 재택근무를 하다 은퇴한 사람들은 간간이 유료 혹은 무료 계약 일을 하겠지만 이전 직업과 관련된 사교 행사에 참석할 기회가 상대적으로 적을 수 있다. 예전 직업에서 높은 수준의 지적 자극을 받았던 사람들은 자신의 일에 인지적으로 덜 몰두했던 사람들보다 자기 분야의 진보나 과정에 관한 자료를 계속해서 읽을 가능성이 더 높다. 우리의 연구에서 가장 흔히 사용된 전략은 개인의 이전 분야나 직장의 발전 상황과 변화에 관해 읽고(41퍼센트가 '자주 한다', 45퍼센트가 '가끔 한다'고 응답), 이전 직장 동료들과 친분을 유지(34퍼센트는 자주, 49퍼센트는 가끔)하는 것이었다. 참가자들 중 약 25퍼센트가 예전 직장에서 열리는 크리스마스 파티 같은 교류 행사에 참석했고, 약 20퍼센트는 자신이 종사하던 분야와 관련된 대담이나 회합에 참석했으며, 비슷한 비율의 참가자들은 자신의 전문 분야와 관련된 협회나 조합에서 회원으로 계속 활동했다. 매우 많은 수인 약 36퍼센트는 자신의 전문 분야에서 멘토링이나 강의 같은 무급 활동을 가끔 또는 자주 계속한 반면 18퍼센트는 때때로 임시직으로 일했다. 요약하자면 은퇴자들은 비공식적인 사회적 연결과 좀 더 공식적이고 구조적인 연결을 통해 직업 정체성을 유지했으며, 직장 생활 동안 얻은 기술과 인맥을 자신의 새로운 정체성에 도움이 되도록 활용했다.[13]

우리는 위에 언급된 각 항목을 척도로 만들어 참가자들

이 등급을 매긴 것을 종합하여 '직장과의 애착'을 측정한 뒤, 각각의 점수와 다른 몇몇 변수들과의 연관 관계를 조사했다. 우리 예상대로, 은퇴하기 전 전문직이나 관리직에 종사하던 사람들, 또는 더 강한 직업 정체성을 가졌던 사람들이 은퇴 후 더 높은 직장 애착 점수를 기록했다는 것을 발견했다. 직장에 애착을 가진 은퇴자들은 교육 수준이 더 높고 더 활동적이라고 할 수 있는데, 예전 직업과 연결을 유지하고 싶어 하지 않는 사람들보다 더 광범위한 사회적, 여가 활동에 종사하고 있다는 면에서 그렇다. 마지막으로 그들은 더 생산적이었고 자신들이 평생 해 온 사회적 공헌 및 지역 사회에 대한 공헌에 대해 더 만족감을 표시했다. 직장에 애착을 갖는 전략은 은퇴로의 전환에 잘 적응하는 궤도를 제공하는 것으로 보였다.

직장에 대한 애착은 은퇴 기간이 길어질수록 (그리고 은퇴자들이 나이가 들수록) 줄어들었다. 이러한 경향은 직장에 대한 애착이 삶에 대한 전반적 만족도와 관련되는 방식에 반영되었다. 직장에 더 애착을 가진 사람일수록 일반적으로 만족도가 높았지만, 이는 은퇴한 후 첫 10년에만 해당되었다. 은퇴자들은, 심지어 자신의 예전 직장이나 경력과 계속 연결 고리를 갖고 직업 정체성을 강하게 유지했던 사람들도 시간이 경과하면서 다른 연결 고리로 점차 대체하거나 스스로 없애는 경향이 있었으며, 이런 전환은 전체적 만족도를 감소시키지 않고 진행되었다. 짐작하건대 이들이 재직 시 접촉하던 사람들과 관심거리를 다른 (혹은 더 적은) 활동들이 대체한 것으로 보인다.

다양한 경로

이번 장에서 강조한 바와 같이 직업 정체성은 전문직과 고위직에 종사하던 사람들에서 더 강하게 나타났다. 또한 직장 생활을 하는 동안 일-삶의 균형, 일명 워라밸이라 일컬어지는 것을 갖지 못한 사람들에서 더 강하게 보일 가능성이 있다. 그러나 '일하기 위해 사는' 사람보다는 '살기 위해 일하는' 사람들이 직업이 제공하는 역할, 예를 들어 사회 질서 기여자, 가장 다정한 동료, 조합원 등을 중심으로 자아의식을 형성할 가능성이 높다. 은퇴를 맞이해도 이러한 역할들에 대한 적응과 자아의식은 여전히 필요할 것이다. 이들 자아의식은 신경외과 의사, 지방 의회 직원, 교사, 교도관, 재택근무를 하는 IT 기술자, 대기업 관리자에게 있어 모두 다르겠지만 그럼에도 불구하고 적응을 필요로 한다.

은퇴 후 심리적 재적응에는 이번 장에서 이미 논의되었던 방식으로 개인의 직업 정체성을 유지하고 적응시키는 것이 포함될 수 있다. 그러나 직업 정체성을 재구성하는 것은 은퇴 후 정체성 재정립을 이룰 수 있는 한 가지 경로일 뿐이다. 일부 은퇴자들에게는 은퇴가 직장과의 대부분 또는 모든 유대를 끊는 것을 의미하므로 이러한 선택지를 고려하지 않을 것이다. 또한 일부 은퇴자들은 자신의 일을 즐기지도 않았고 보람을 찾을 수도 없었기 때문에 이러한 것이 바람직하지 않을 것이다. 상황이 그러하므로 은퇴가 쇄신을 위한 충만한 기회를 더 많이 제공할 수 있다. 예를 들면 새롭거나 이미 갖고 있던 관심사와 취미에 집중하거나, 지역 사회에 기여하고, 가족 간 유대를 강화하거나, '버킷리스트'에 있는 활동을 실행에 옮길 시간이 허락된다.

정체성을 재구성하는 경로에는 여러 갈래의 방향이 있을 수 있고, 실제로 여러 갈래의 방향이 존재하며 시행착오를 겪는 실험 기간이 포함될 가능성이 있다. 시도해 본 모든 새로운 활동이 지속 가능하지도 않을 것이고 친구 관계의 모색이 모두 다 성취감을 주지도 않을 것이다. 그럼에도 불구하고 연구 결과는 은퇴 후 행복에 있어 사회적 유대와 사회적 역할 유지의 중요성을 뚜렷하게 보여 준다(5장 참조). 발달 심리학자들은 개인의 중년기와 노년기에서 생산적 역할이 가장 보람 있으며 이러한 역할이 견고하고 더 만족스러운 자아의식에 기여할 것이라는 가설을 세웠다. 자원봉사를 통해 지역 사회에 되돌려 주고, 젊은이들에게 멘토 역할을 하거나 손주들을 돌보는 것을 통해 개인적 창의력을 함양하거나 미래 세대에 투자하는 이러한 역할이 가치 있기는 하지만 누구에게나 다 기회가 주어지는 것은 아니다. 상당수의 은퇴자들은 휴식, 여가, 사교적 접촉을 중심으로 새로운 정체성을 형성하는 것, 즉 계속 무엇을 '하는' 것보다는 그저 '존재'하는 것에 만족한다.

07

은퇴 최대한 활용하기

> 할 일이 너무 많은데 시간이 너무 없거나, 시간은 너무 많은데 할 일이 너무 없다? 어느 쪽이어야 할까?

어떤 사람들에게 은퇴의 시작은 무엇을 기대해야 할지 모르기 때문에 불안을 야기할 수 있다. 깨어 있는 시간 대부분을 일하며 보내지 않는다면 삶은 어떤 모습일까? 그리고 직업이 더 이상 우리의 정체성을 대변하지 않는다면 스스로를 어떻게 규정해야 할까? 은퇴는 어떠해야 할까? 그리고 시간은 어떻게 보내야 할까?

20여 년 전 베티 프리든[1]은 은퇴 후에 가질 수 있는 독특한 기회를 묘사하는 '인간적인 일'이라는 신조어를 만들었다. 인간적인 일이란 아무리 크거나 작더라도 자신이 자유로이 선택할 수 있고, 의무라기보다는 좋아서 하는 일을 일컫는다. 어느 작가의 표현대로 '인간적인 일은 다양성과 복잡성으로 가득한 노화와 은퇴에 명예를 부여하기 때문에 훌륭한 용어이다.'[2] 또한 노화와 노년에도 심리적 성장의 가능성이 많다는 인식을 높여 준다.

이전 장에서 살펴본 바와 같이 우리가 은퇴 후 어떻게 발전하는지는 많은 복잡한 요인에 의해 영향을 받는다. 이 요인에는 개인의 과거, 인성, 자신에 대한 감정, 자신과 일과의 관계 등이 포함된다. 어떤 은퇴자는 자신이 전혀 통제할 수 없는 기관의 정책과 관행 앞에서 무력한 느낌을 받으며 일을 했을 수도 있다. 신체적, 심리적 희생을 요구하는 어려운 일을 오래 견뎌 왔던 사람들은 은퇴 후, 적어도 은퇴 초기에는 평화롭고 조용히 지내고자 할 수도 있다. 그러한 사람들에게는 은퇴가 일의 스트레스에서 벗어나게 하는, 축복받은 구원이다. 반면 도전할 만하고 개인을 더 성장하게 만드는 일을 했던 사람들은 비록 정도와 강도는 다르지만 은퇴 후에도 일과 연결될 수 있는 방법을 모색하고, 새롭고 자극을 주는 여가나 소일거리와 같이 자신이 미루어 두었던 활동들을 하려 할 것이다. 그러므로 한 사람에게 '좋은' 은퇴가 다른 사람에게도 반드시 '좋은' 은퇴가 되는 것은 아니다. 그리고 물론 다음 세대에게는 은퇴가 지금과는 다른 것을 의미할 수도 있다. 미래 세대의 직업 패턴은 재택근무와 융통성 있는 탄력 근무가 중심이 되어 고정된 직장과의 연결 고리는 점차 더 느슨해지게 될 것이다. 또한 말할 필요조차 없이 많은 직업의 기능을 떠맡을 로봇이 등장할 것이다!

오늘날의 은퇴자들은 어떻게 하면 은퇴라는 기회를 가장 잘 활용할 수 있을까? 이 문제를 생각하기 위해서는 노화와 은퇴의 밀접한 관계에 주목할 필요가 있다. 은퇴 연령이 직종 별로 상당히 다르기는 하지만 인생에서 이 단계는 불가피하게 노화 과정과 이 시기에 흔히 있는 여러 변화와 매우 깊은 관련이 있게 마련이다. 은퇴자들은 나이 들어가는 데서 오는 일반적 건강 문제뿐 아니라 이 단계에 닥쳐오는 사회적, 심리적, 경제적 부작용과도 직면해야 한다.

이번 장에서는 이전에 다루었던 주제에 관해 특별히 요

약하지 않는다. 그보다는 어떻게 은퇴 시기를 충만하고 성장을 촉진하는 방식으로 보낼 것인가와 이를 위해 어떤 계획을 세울 것인가의 일반적 관점에 집중한다. 또한 우리 연구에 참여한 많은 은퇴자들이 유감을 표명한 것들을 일부 검토했다. 이들이 언급한 내용은 우리가 그간 인터뷰한 많은 은퇴자들의 발언과 우리가 여러 문헌에서 주목했던 부분과 맥을 같이했다.

'성공적' 은퇴에 기여하는 것

이전 장에서는 이 삶의 단계에서 행복과 만족에 기여하는 은퇴의 여러 측면에 대해 상세히 알아보았다. 여기서는 그 측면을 되새기는 것이 아니라 은퇴 후 생활의 다른 중요한 부분인 은퇴자들이 참여하는 활동에 초점을 맞추고자 한다.

> 은퇴 후 나는 무척 행복하다. 기대 이상이다. 지루함과 의미 상실을 두려워했으나 가치 있는 수많은 활동을 찾아내는 일은 그다지 어렵지 않았고, 이러한 활동을 하느라

정신이 없을 정도로 바쁘다. 수많은 사람들의 말처럼 '예전에 어떻게 일할 시간을 내었지?' 정말 그렇다…… 나는 온전히 기쁨과 흥미를 위해 공부하고 여행할 수도 있었다. 최근 누군가 나에게 했던 말처럼 '모두가 원하는 삶을 살고 있잖아.' 안 좋을 게 뭐가 있을까?

은퇴는 더 이상 인생의 마지막이 아니라 직장을 다니느라 미루어 두었던 활동을 하고 인생에서 새로운 선택을 하는 삶의 다음 단계로 여겨질 수 있다. 은퇴는 마침내 각 개인에게 가장 중요한 여가 활동에 몰두할 수 있는 기회이다. 은퇴 후 하려고 계획하는 가장 흔한 활동은 여행, 각종 취미 생활, 정원 가꾸기, 스포츠, 운동으로 건강한 몸 가꾸기, 독서, 휴식, 집수리, 자원봉사 등이다. 이러한 계획이 현실과 맞을까?

물론 그렇다. 비록 성별 차이는 있지만 여성은 남성보다 단체로 하는 스포츠 참가, 재정적 투자 상품 모니터링, 시간제 근무, 독서나 동호회, 혹은 회합을 통해 전 직업과 연결을 유지하는 비율은 더 낮았다. 남성은 여성보다 자원봉사에 덜 참여했으며 자원봉사를 하는 경우에는 '현장' 근무봉사보다 감독하는 역할을 더 많이 맡는 것으로 보인다. 종합해 볼 때 여성의 은퇴 후 활동은 남성보다 더 사회적이다. 예를 들면 주로 친구들과 시간을 보내고 다른 사람들을 돌본다. 우리 연구에서 여성들의 응답 중 가장 흔한 활동은 독서, TV 시청, 음악 감상인 동시에 가사 노동 관련 활동도 많았다. 다른 연구에서는 운동과 건강 유지가 많은 여성에게 중요한 것으로 나타났는데 이들은 운동 수업이 예전에 하던 일이 그랬던 것처럼 하루를 '구성해 주는' 요소이며, 짜임새 있고 계획된 활동이라고 묘사했다.

여가 활동이 은퇴 후 적응, 삶의 만족도, 행복감에 긍정적으로 기여한다는 상당한 증거가 있다.[3] 이를 증명하는 내용이 은퇴자들이나 노인들이 접할 수 있는 많은 온라인과 인쇄된 잡지에 실려 있다. 이들 잡지는 독자에게 실천 방안에 관한 제안과 함께 활동적으로 살도록 격려한다. 우리의 연구는 여성들이 활동에 더 많이 참여하면 할수록 은퇴와 삶 전반에 대해 더 만족한다는 결과를 보여 주었다. 은퇴와 삶에 대한 만족은 많은 특수한 활동, 특히 여행, 친구와 시간 보내기, '건강을 위한' 활동, 모임에 참석, 취미 활동 같은 활동에 의해서도 예측되었다. 전혀 놀랍지 않지만 집안일 또는 다른 사람을 돌보는 일로는 만족이 예측되지 않았다.

한 가지 흥미로운 문제는 은퇴자들이 주로 새로운 활동을 하는지 아니면 원래 하던 활동을 하는지이다. 실제로 어떤 활동은 신체적 능력이나 힘의 상실 또는 환경의 변화로 인해 더 이상 하지 않게 될 수도 있다. 이런 경우 은퇴는 새로운 여가 활동을 시작하는 계기로 작용할 수 있다. 은퇴 후에 은퇴 이전 활동을 유지하는 연속성과 은퇴 전 활동을 그만두는 단절이 공존한다는 것을 알지만 은퇴 후 새로운 관심사와 기술의 발달에 관해서는 증거를 거의 얻을 수 없었다. 은퇴 전 여가 활동에 활발히 참여하던 남성과 여성을 대상으로 한 소규모 연구에서는 은퇴 후 여가 활동에서 남성이 평생 해 온 활동을 계속하는 경향이 나타났다. 반면 여성은 더 혁신적이었다. 여성은 은퇴 후 기존에 해 오던 역할을 그만두지 않고 여기에다 추가로 더 여가 활동을 하는 경향이 있었다.[4] 이 연구의 연구자들은 여성이 새로운 여가 활동을 추가하는 원동력은 은퇴 자체가 아니라 이전까지 여성의 삶을 규정짓던 성별에 따른 역할의 책임에서 해방되는 것이라고 결론지었다. 왜 남성과 여성이 은퇴 후 새로운 기술을 습득하거나 습득하지 않는지를 추가 연구하기에 시의적절한 주제이다. 활동에 있어 성별 격차가 초기의 사회화와 성 역할 차이의 결과일까? 남성과 여성에게 주어지는 기회에 차이가 있을까?

은퇴자들이 후회하는 것

홍미롭게도 우리는 우리 연구에 참여한 은퇴자들이 은퇴로 전환하는 과정에서 직면한 어려움에 관해 이야기할 거리가 많다는 것을 발견했다. 오랜 동안 체계적인 직장 생활을 보낸 후 삶에 체계가 없어지면 목적의식 상실과 그에 따른 행복의 상실감을 느끼게 될 수 있다. 우리 연구에 참여한 한 여성은 다음과 같이 말했다.

> 은퇴에 적응하는 것은 느린 과정이다. 처음에 나는 내 하루 시간을 채우는 데 어려움을 느꼈고 사람으로서 제대로 기여하고 있다고 느끼지 못했다.

5장에서 살펴본 대로 배우자가 관련되면 어려움은 배가 된다. 독신보다 배우자가 있는 은퇴자가 은퇴 후 생활에 대한 만족도가 높긴 하지만, 일부 은퇴자들에게 배우자의 돈으로 살아간다는 느낌은 버거울 수 있다. 적응하는 데도 시간이 걸릴 수 있다. 또 다른 흔한 문제는 부부 중 한 사람의 목표와 열망이, 은퇴를 했을 수도 있고 아직 은퇴 전일 수도 있는 배우자의 목표와 열망을 수용하느라 우선순위에서 뒤로 밀리는 것이다. 은퇴 후 이룰 수 있고 이루고자 하는 것에 대한 계획을 미리 세우면 이러한 문제를 피하는 데 도움이 된다. 실제로 은퇴할 때까지 기다리지 말자. 배우자가 있다면 함께할 (그리고 혼자서 할) 활동에 대해서 이야기를 나누자. 우리 연구에 참여한 두 여성이 은퇴에서 변화시킬 수 있는 것이 있다면 무엇인가라는 질문에 다음과 같이 응답했다.

> 은퇴가 우리 둘에게 그리고 개인에게 무엇을 의미하는지에 관해 남편과 내가 의견을 나누었더라면(또는 훨씬 더 많이 나누었더라면) 크게 도움이 되었을 것이다. 남편은 나보다 젊고 심리적으로 아직 은퇴할 준비가 안 되어 있으므

로 가끔씩 우리의 화살이 같은 방향을 향하고 있지 않다고 느껴진다.

남편의 의사보다 내 욕구에 우선순위를 둘 것이다. 남편은 나보다 10년 일찍 은퇴했고, 오래전부터 '그레이 노마드grey nomad(몇 주에서 몇 개월 또는 몇 년에 걸친 장기 여행을 즐기며 살아가는 은퇴 노인)' 같은 생활을 시작하기를 열망해왔다. 남편이 조바심 내며 기다려 온 일이기 때문에 내가 은퇴한 마당에 남편이 하고 싶은 대로 하게 해 주어야 한다는 압박감이 든다. 이로 인해 내가 할 수 있다고 느끼고, 하고 싶었던 자원봉사 일을 시작하는 것은 거의 불가능하다. 내게는 아직도 내 자신이 생산적이고 유용하다고 느끼고 싶은 큰 욕구가 있는데, 지금은 전혀 그렇게 느끼지 못한다. 이러한 것이 우리 집에서 갈등과 불행의 크나큰 원천이다.

많은 은퇴자가 은퇴하면 생기는 자유 시간에 대해 미리 더 면밀하게 계획을 세웠어야 했다고 응답했으며, 이 점이 우리 연구에 참여한 사람들 사이에서 관심의 초점이었다. 은퇴 계획, 특히 재정적 계획의 혜택이 잘 인식되어 있기는 하지만 모든 사람이 이런 식으로 느끼지는 않는다. 한 여성은 계획에는 부정적인 면도 있을 수 있고 인생이 항상 예측한 경로를 따라가는 것은 아니라는 점을 상기시켰다.

> 가끔씩 인생은 우리에게 변화구를 던진다. 아무리 철저히 계획을 하더라도 모든 변화구에 다 대비할 수는 없다. 이 변화구에서 살아남는 열쇠는 유연함을 유지하고, 수완을 발휘하고, 자신에게 진실할 수 있는 능력이다. 은퇴를 계획했다고 해서 예상치 못한 폭력과 트라우마가 생겼을 때 대처하는 데 도움이 되지는 않았을 것이다…… 도움이 되는 단 하나는 자신의 인생에서 좋은 사람들을 만나 가능한 한 이 전환 과정을 순탄하게 지나도록 지원해 줄 것이라는 믿음을 갖는 것이다. '계획하는 것'의 위험은 계획이 '기대'를 만들어 낸다는 점이다.

많은 참여자들이 가능한 경우 시간제 근무를 거쳐 점진적으로 은퇴하고, 이를 통해 자신이 은퇴 후 무엇을 성취하길 원하는지 결정하고 그에 따라 계획을 세우는 기회를 가지는 방식의 장점을 언급했다.

> 시간제 근무를 하면서 은퇴에 이르는 것에는 장점이 많다고 생각한다. 그렇게 되면 어떤 자원봉사를 선택할지 알아볼 수 있고, 휴일에 그 일을 해 볼 수도 있을 것이다. 그렇지만 내 직종에서 시간제 근무를 선택하는 것은 가능하지 않았다.

유연 근무제는 새로운 개념이 아니다. 이미 많은 기업이 직무 공유, 재택근무, 집중 근무제, 시간제 근무 등 다양한 형태로 도입 중이다. 그러나 이러한 프로그램은 보통 소규모로 진행되고 실제로는 돌봐야 할 가족이 있는 직원에게 주로 차례가 돌아간다. 그리고 이러한 유형의 근무를 하는 직장인은 대가를 치른다. 즉 개인의 경력에 불이익을 받거나 퇴직 연금이 줄어들거나 하는데, 이는 앞서 여성들의 휴직으로 인한 경력 단절 논의에서 살펴본 내용이다. 기업이 나이 든 직원들도 쉽게 지원할 수 있는 유연 근무 프로그램을 제공하고, 여기에 참여하는 사람들이 업무에서 배제되었다고 느끼지 않도록 프로그램을 구성하면 노사 양측에 모두 이익이 된다. 고용주는 나이 든 직원의 기술과 경험을 보존할 수 있고, 직원은 자신의 속도에 맞춰 완전 은퇴로 점진적 전환이 가능해진다.

자발적이건 비 자발적이건 조기 은퇴 시 후회하는 일은 매우 흔하다. 우리는 앞에서 조기 은퇴의 장점과 단점에 대해 주목하면서 재정적 부작용이 가장 큰 문제 중 하나임을 살펴보았다. 이와 마찬가지로 은퇴 시점이 자신의 의사와는 다르게 결정된 사람들에게는 은퇴를 계획할 기회가 제한된다. 우리가 이미 살펴본 대로 이러한 은퇴자들은 자신이 선택한 시점에 은퇴한 사람들보다 은퇴 후 생활에 덜 만족하게 될 수도 있다. 마지막으로 계획에 관하여 한 여성은 다음과 같이 말했다.

> 만약 은퇴가 무엇을 의미하는지, 무엇을 잃고 무엇을 얻을 것인지, 심사숙고해 볼 수 있고 그 결과 더 잘 준비할 수 있는 프로그램이 있었더라면 나는 그것을 했을 것이다.

흥미롭게도 인터넷을 검색해 보면 은퇴 전 재정 계획에 집중적으로 초점을 맞춘 프로그램을 찾아볼 수 있는데, 이들 중 많은 자료가 은퇴의 다른 주요 측면에 대한 정보도 제공한다. 우리의 관점에서 볼 때 그러한 은퇴 전 프로그램에는 은퇴 생활의 네 가지 '기둥'인 재정과 주거, 건강, 사회적 관계, 정체성에 관해 정보(그리고 숙제도!)가 포함되어 있다. 얼[5]은 기업들이 은퇴 전 계획 세우기 프로그램을 제공하고 은퇴를 경력 개발 과정의 일환으로 생각함으로써 직원들의 은퇴를 도울 수 있고, 직원들이 점진적으로 시간제 근무로 옮겨 갈 수 있는 경우에는 이런 방식이 고무적이라고 주장한다. 호주 통계청 보고서에 의하면 약 40퍼센트의 호주인들이 완전히 은퇴하기 전 시간제 근무를 원하지만, 실제로 이 목표는 이루어지지 않는다. 이러한 것이 실행되지 못하는 주된 이유는 자신들이 시간제 근무를 요청하면 고용주가 어떻게 생각할지, 이러한 단계적 은퇴를 고용주가 수용할 마음이 있는지에 대한 두려움이 있어서이다. 분명한 것은 앞으로의 고용 가능성과 앞서 말한 은퇴 생활의 네 가지 기둥에 관해서도 다루는 프로그램이 가장 효과적일 것이다.

긍정적 은퇴를 위한 계획

그렇다면 어떻게 해야 순탄하게 은퇴할 수 있을까? 우리는 재정 계획에 들이는 시간만큼 은퇴에서 무엇을 필요로 하고 원하는지를 생각하는 데 시간을 할애할 필요가 있다. 개인별로 필요한 것이 다르겠지만 바람직한 은퇴 생활을 만들기 위한 계획을 할 수 있는 몇 가지 공통적 방법이 있다.

5장에서 살펴본 대로 사회적 유대 관계를 유지 또는 만드는 것이 '성공적' 은퇴의 주요 요소이다. 많은 사람들에게 직장이라는 환경은 친구와 사회적 접촉을 얻을 수 있는 중요한 원천이다. 은퇴한다고 이러한 모든 연결이 끊어지는 것은 아니지만, 시간제 근무이건, 모임이건, 또는 다른 형태로 조직된 사회 활동을 통해서건 오랜 친구들과 친분을 유지하고 새 친구들을 찾는 데에는 어느 정도 노력이 필요하다. 활발하게 활동하는 것은 건강한 은퇴 생활을 위한 또 다른 중요한 요소이며 이는 단체 스포츠나 활동, 장거리 걷기, 정원 가꾸기 또는 손주 돌보기 등을 통해서 가능하다. 노인들에게 신체를 단련하고 질병을 몰아낼 기회를 제공하는 '건강 지키기' 그룹이 많이 있다. 안주하던 일상에서 벗어나 새로운 환경에 속하면 새로운 관심사에 불을 지피게 될 뿐 아니라 자신에게도 도움이 될 수 있다. 배우자가 있는 경우 함께 은퇴를 계획하고 은퇴로 전환하는 과정에서 생길 수 있는 문제들을 숨김없이 터놓고 소통하도록 노력하자.

창조적 여가 활동 역시 많은 은퇴자에게 사회적이고 지적인 욕구를 채워 준다. 새로운 창조적 활동을 시도해 보거나 이미 가지고 있던 취미 활동을 확장하여 참여할 수 있는 기회가 많다. 노인을 대상으로 넘쳐 나는 강좌와 동호회를 이용할 수 있는데, 많은 경우 무료이거나 매우 적은 비용으로도 가능하다. 어떤 강좌나 동호회가 재미있을지 확신이 서지 않는 사람들을 위한 지적 훈련 한 가지를 소개하자면, 자신이 어린 시절 무엇을 즐겨 했는지를 회상해 보는 것이다. 노년기의 열정을 일깨워 주는 것이 이러한 활동들인 경우가 많다. 예를 들자면 그림 그리기, 공예, 모형 제작, 창조적 글쓰기 등이 있다.

중요한 일은 필요한 은퇴 재정을 계획하는 것이다. 보수를 받는 일을 그만둔 후 살아가는 데 얼마나 많은 돈이 필요할까? 현재 65세면 평균 기대 수명은 86세이며, 현재 85세라면 92세이다. '오래 살면 살수록' 더 '오래 살 가능성이 높아지고, 여성이 남성보다 오래 산다.' 몇몇 학자들은 은퇴 후 기대 수명을 건강과 관련해 세 가지 단계로 개념화했다. 이 단계는 장애 없는 기간, 약간의 장애가 있는 기간, 타인에게 의존하는 기간으로 나누어진다. 너무나 분명한 것은 이러한 단계를 지나는 동안의 은퇴 비용은 모두 다를 것이고 대부분의 은퇴자들에게 마지막 단계는 훨씬 더 심각하게 비용이 많이 들 것이라는 점이다. 그러므로 이러한 시점에서도 감당할 수 있는 경제력을 확보하기 위한 면밀한 계획이 필수적이다. 그러나 이에 못지않게 고려해야 하는 것은 이 시기를 최대한 활용하기 위해 은퇴 초기 단계에서 얼마만큼의 은퇴 자금을 사용할 것인가 하는 문제이다. 여행이나 다른 상황을 위해 퇴직 연금이나 다른 저축을 인출하는 것이 개인의 은퇴 자금을 가장 잘 사용하는 것일까? 집을 줄이거나 다른 주거 형태로 갈아타는 것이 최선의 선택지일까? 은퇴 초기에는 이러한 종류의 질문과 거의 부딪힐 일이 없지만 개인이 선택하는 해법이 은퇴 후기의 재정 건전성에는 큰 의미를 가질 수도 있다.

긍정적으로 살기

비교적 새로운 하위 연구 분야인 긍정 심리학에서는 긍정적 사고가 건강과 행복에 영향을 미치는 방식과 수단에 대해 연구했다.[6] 이러한 접근법의 결과로 긍정적 노화를 연구하는 연구소가 여러 대학에 속속 설립되었다. 이들 연구소는 여러 문제 중에서 이동, 고립과 고독, 부부 관계 변화, 고용과 건강한 성생활을 포함한, 노령 인구가 직면하고 있는 주요 도전 과제에 대한 해법을 찾는 연구를 담당하고 있다. 또한 이들은 사회가 긍정적 노화와 행복을 어떻게 인식하고 홍보하는지를 중점적으로 연구하기도 한다. 이런 연구의 목적은 사회가 노화와 노인들의 역량에 대해 갖고 있는 부정적 인식을 불식시키고 지역 사회 전체로 하여금 더 건강한 노화를 지원하는 환경을 조성하도록 격려하기 위함이다.

부부 학자인 패트리샤 에드거와 돈 에드거는 저서 『정점, 중년을 탈바꿈시키다Peak, Reinventing Middle Age』[7]에서 중년은 우리 인생의 정점일 수 있으며 우리가 경험하고 배운 모든 것을 활용할 수 있는 시간이라고 주장한다. 에드거 부부는 기대 수명이 연장되었다는 것은 우리 모두가 50대와 60대가 넘어서도 자신을 돌보고 사회에 기여해야 하는 책임을 재고할 필요가 있다는 뜻이라고 말한다. 이 책은 매우 낙관적인 관점에서 쓰여진 책으로, 생산적 노화로 가는 과정의 기회와 걸림돌을 탐구한 최근 연구를 활용했다. 또한 이 책 2부를 구성하고 있는 여러 사람의 간략한 인생 스토리들을 통해 인생 후반기의 유연함이 만족스러운 일상을 누리게 해 주는 핵심 요소라는 것을 보여 준다. 장수에 대한 연구를 살펴보면 성공적으로 나이 들어가는 사람들은 충만한 삶을 살아왔다는 것이 분명히 드러난다. 이들은 인생 후반기를 잘 활용하고 '목적이 있는' 삶을 지속하고 어려움 속에서도 회복 탄력성을 유지한다. 저자들은 이에 관해 다음과 같이 말하고 있다.

> 잘 나이 들어가는 과정의 일부 측면들은 절충 가능하다. 우리가 더 일찍 이러한 측면에 주목할수록 더 좋은 결과를 얻는다. 성공적인 중년은 일반적으로 스스로 동기를 부여하고, 지역 사회 중심의 의식을 갖고 있고, 자신의 일과와 욕구를 독립적으로 관리하고, 비록 때때로 외롭다

고 느끼지만 대부분은 고립되어 있지 않다. 이들은 후회에 사로잡히지 않고, 그날그날을 충실하게 살며, 흥미를 느끼고, 또 즐거움을 주며 살아간다. 이러한 사람들은 일생을 통해 자신이 사랑받았고 가치 있는 사람이라고 느꼈다.[8]

우리는 행복감이란 삶의 의미와 목적을 가진 것, 즉 매일 아침 일어날 이유가 있는 것과 연결되어 있다는 점을 알고 있다. 이를 성취하는 데에는 여러 방식이 있고 모든 사람은 각자 다른 방법으로 이를 이뤄 내고 있다. 은퇴 후에는 건강 유지가 삶의 질을 유지하는 한 방법이다. 우리가 이러한 노력을 덜할수록 점점 더 건강을 유지하지 못하게 될 것이다. 건강을 유지하는 핵심은 잘 먹는 것이다. 이를 위해서는 이전 장에서 다룬 권장 영양 기준을 잘 알고 따를 필요가 있다. 충분한 숙면은 건강하고 행복한 삶의 기초다. 피곤해지면 운동하고, 잘 먹고, 삶의 의미를 발견하는 것 같은 이러한 다른 요소들이 훨씬 더 어려워진다.

중요한 것은 연구에서 우리의 삶에 대한 태도가 감정에 큰 영향을 준다는 점이 드러났다는 사실이다. 우리는 긍정적 태도가 행복, 건강, 더 나은 관계와 상관관계가 있다는 것을 익히 알고 있다. 노인들의 경우에는 노화에 대한 자신의 태도가 중요하다. 노화를 부정적 과정이라고 보는 태도는 나이를 좀 더 긍정적으로 보고, 할 수 없는 일보다 할 수 있는 일에 더 초점을 맞추는 것보다 더 좋지 못한 결과에 이르게 한다. 특히 노년기에 피할 수 없는 질병과 통증, 고통에 대처하는 데 해당되는 말이다.

이전 장에서 외로움과 고립이 좋지 못한 결과를 낳는 반면 사람들과 지역 사회와 연결되어 있다는 의식을 갖는 것이 은퇴에 대한 긍정적 태도를 유지하는 데 중요하다는 것을 살펴보았다. 자신이 고립되는 것을 적극적으로 예방할 필요가 있고 그렇게 할 수 있는 많은 방법이 있다. 즉, 오랜 친구들과 연락을 계속하고, 지역 모임에 가입하고, 자원봉사를 신청하고, 취미 생활을 시작하거나 계속하고, 새로운 강좌에 등록하기 등이다. 은퇴 이후는 여러 다른 활동을 실험할 수 있는 시기이다. 시간도 넉넉하고, 그간의 인생 경험으로 인해 몇 번 실수하고 때로는 실패를 하더라도 충분히 감당할 만한 강건한 자존감이 있다.

마지막으로 조부모를 대상으로 한 우리 연구[9]는 노년기

행복감에 웃음과 놀이가 얼마나 중요한지를 보여 주었다. 많은 참가자가 자기 안의 어린아이를 발견하고 마음껏 재미있는 놀이에 몰두하는 능력과, 기꺼이 그렇게 하려는 마음이 손주 돌보기에서 가장 좋은 점의 하나라고 응답했다. 조부모들은 이런 장난스러움이 손주들과의 상호 작용에서 가장 좋은 것 중 하나라고 여겼다. 이러한 긍정적 태도가 전반적으로 삶에 잘 적응하는 방법의 일환일 수 있다. 예를 들면 젊은 세대와 그들이 영위하는 매우 다른 삶과도 연결을 유지할 수 있는 것이 이에 해당된다. '닥터 해피(자신을 '닥터 해피'라고 부르는 호주의 의사 팀 샤프. 긍정 심리학의 최전방에서 활동하며 '행복 연구소'를 창립—옮긴이 주)'가 말하듯이 사람은 놀이 감각을 잃어버리면 극복하기 힘든, 지루하고 단조로운 존재가 된다. 재미있는 영화 같이 무엇이든 웃을 거리를 찾는 것이 치유에 매우 효과적일 수 있다.

현재 가지고 있는 노화에 대한 부정적 태도를 바로잡을 기회를 갖자. 노화가 피할 수 없는 내리막 과정이라는 믿음이 반드시 우리가 이제까지 살펴본 현실을 반영하는 것은 아니다. 스스로를 늙었다고 생각하면 늙는다! 다음에 나오는 미국의 코미디언 조지 칼린이 대담에서 노년에 대해 인용한 출처 미상의 글[10]이 이를 잘 요약해 준다.

> 여기 있는 사람들 다들 언제 죽어도 이상하지 않은 나이이다. 그러니 우리 제발 스스로를 뒷전으로 생각하지 말자. 맛있는 음식을 먹자. 햇살 속에서 걷자. 바다에 뛰어들자. 마음속 감춰 둔 보물처럼 간직하고 있는 진실을 말하자. 때로는 실없이 행동도 해 보고, 누구에게나 친절하고, 괴짜가 되자. 우물쭈물할 시간이 없다.

은퇴 후 무엇이 여러분을 행복하게 만들어 줄까? 친구들과 어울리는 것을 좋아하는가? 손주들과 함께하는 것을 좋아하는가? 여행하기를, 혹시 '그레이 노마드'가 되기를 원하는가? 자연과 교감하기를, 정원 걷기나 장기간의 시골 도보 여행을 원하는가? 인생의 이 시기를 지역 사회에 환원하기를 원하는가? 원하는 만큼 바쁘고 만족스럽게 지낼 수 있는, 많고도 많은 선택지가 있다. 아니면 격에 맞지 않아 보이거나, 혹은 다소 '못된', 사회에서 그리 용인받지 못하는 일을 하며 주책맞게 나이 들 가능성도 있을 것이다. 물론 어느 경우든 여러분의 선택은 많은 요소, 그중에서도 주로 건강과 재정 상태에 의해 결정될 것이다. 하지만 이러한 선택을 사회가 결정하게 만들거나, 무엇이 실현 가능할지에 대한 스스로의 판단에 좌우되도록 하지는 말자.

감사의 글

이 책을 완성할 수 있도록 자료를 제공해 준 동료들과 각 기관(여성 건강 센터, 성별과 사회 연구소, 멜버른 대학의 멜버른 인구 및 건강 대학과 심리학과, 스윈번 공과대학교 디자인 학부)에 감사를 전하고 싶다. 세심한 작업으로 우리를 도와준 연구 조교 알렉스 폴과 케리 셴들리에게도 감사의 말을 전한다. 우리 연구에 아낌없이 시간을 내어 주고 사려 깊은 응답을 마다하지 않은 실험 참가자들께도 특별한 감사의 말씀을 드린다.

지속적인 지원과 격려를 해 준 출판사에도 감사드린다. 마지막으로 언제나 우리의 버팀목이 되어 주는 이안과 데이비드에게 다시 한 번 감사를 전한다.

주

01 새로운 은퇴

1 Office for National Statistics (UK). (2015). *How has life expectancy changed over time?* Retrieved from http://visual.ons.gov.uk/how-has-life-expectancy-changed-over-time/

2 Office for National Statistics (UK). (2016). *National life tables: 2013-2015* . Retrieved from www.ons.gov.uk/peoplepopulationandcommunity/birthsdeathsandmarriages/lifeexpectancies/bulletins/nationallifetablesunitedkingdom/20132015

3 Wikipedia. (2017). *Retirement age* . Retrieved from https://en.wikipedia.org/wiki/Retirement_age;

Cutler, D. M., Meara, E., & Richards-Shubik, S. (2011, November). *Healthy life expectancy: Estimates and implications for retirement age policy* . Research Report. Retrieved January 29, 2017, from www.nber.org/aging/rrc/papers/orrc10-11.pdf;

Forette, F., Salord, J.-C., & Brieu, A.-M. (undated). *Living longer, working longer: A French challenge* . Research Report. Retrieved January 29, 2017, from www.ilc-alliance.org/images/uploads/

publicationpdfs/Article_living_longer_working_longer.pdf
4 *Australian advertising slogan aimed at retirees* . Retrieved from www.sunsuper.com.au/thedreamproject/retirement-is-the-new-promotion
5 Moore, S. M., & Rosenthal, D. A. (2017). *Australian women in retirement survey*. 미출간된 최종 연구 보고서를 저자에게서 입수함.
6 Wang, M., & Shi, J. (2014). Psychological research on retirement. *Annual Review of Psychology*, 65, 209-233.
7 Weiss, R. S. (2005). *The experience of retirement* . New York, NY: Cornell University Press.
8 Moore, & Rosenthal. (2017). *Australian women in retirement survey*.
Hershey, D. A., & Henkens, K. (2013). Impact of different types of retirement transitions on perceived satisfaction with life. *The Gerontologist*, 54, 232-244.
9 Everingham, C., Warner-Smith, P., & Byles, J. (2007). Transforming retirement: Re-thinking models of retirement to accommodate the experiences of women. *Women's Studies International Forum*, 30, 512-522.
10 Schlossberg, N. (2004). *Retire smart, retire happy: Finding your true path in life* . Washington, DC: American Psychological Association.
11 Voltaire, Candide, Ch. 30.
12 Jahoda, M., Lazarsfeld, P., & Zeisel, H. (2002). *Marienthal: The sociography of an unemployed community* . Piscataway, NJ: Transaction Publishers.
13 *Retirement: A full-time job* . Retrieved from http://retiredsyd.typepad.com/retirement_a_fulltime_job/2013/05/finding-a-new-identity-in-retirement.html

02 직장인에서 은퇴자로의 새로운 여정

1 Cussen, M. P. (2017, March 16). Journey through the six stages of retirement. *Investopedia* . Retrieved from www.investopedia.com/articles/retirement/07/sixstages.asp

2 Kiso, H., & Hershey, D. A. (2017). Working adults' metacognitions regarding financial planning for retirement. *Work, Aging and Retirement*, 3, 77–88.

3 van den Bogaard, L. (2017). Leaving quietly? A quantitative study of retirement rituals and how they affect life satisfaction. *Work, Aging and Retirement*, 3, 55–65.

4 Price, C. A., & Nesteruk, O. (2015). What to expect when you retire: By women for women. *Marriage & Family Review*, 51, 418–440, p. 424.

5 Ibid, p. 425.

6 Erikson, E. H. (1963). *Childhood and society*. New York, NY: Norton.

7 Fisher, G. G., Chaffee, D. S., & Sonnega, A. (2016). Retirement timing: A review and recommendations for future research. *Work, Aging and Retirement*, 2, 230–261.

8 E.g., Warren, D. A. (2015). Retirement decisions of couples in Australia: The impact of spousal characteristics and preferences. *The Journal of the Economics of Ageing*, 6, 149–162.

9 Gustman, A. L., & Steinmeier, T. L. (2005). The social security early entitlement age in a structural model of retirement and wealth. *Journal of Public Economics*, 89, 441–463.

10 Lumsdaine, R. L., & Vermeer, S. J. C. (2015). Retirement timing of women and the role of care responsibilities for grandchildren. *Demography*, 52, 433–454.

03 재정적 안정 혹은 재정적 스트레스

1 본 연구 참가자 설문에서 인용. 다른 모든 인용문도 특별히 표시하지 않은 한 연구 참가자 응답에서 인용함.

2 Statistic Brain Research Institute. (2016). *Gender pay gap statistics*. CA, USA. Retrieved from https://www.statisticbrain.com/gender-pay-gap-statistics/

3 Economic Policy Institute. (2017). Retrieved from www.cnbc.com/2016/09/12/heres-how-much-the-average-american-family-has-saved-for-retirement.html

4 Express. (2017). Retrieved from www.express.co.uk/news/uk/782041/pension-warning-retirement-savings-britain-money-crisis

5 European Commission. (2015, April). *Database on women and men in decisionmaking*. Retrieved from ec.europa.eu/europe2020/pdf/.../nrp2015_austria_annex1_1_en.pdf

6 U.S. Bureau of Labor Statistics. (2014). Retrieved from www.bls.gov/opub/mlr/2014/home.htm

7 Golladay, C. (2016). Schwab survey finds major differences in how male and female millennials view retirement. *Business Wire* , USA. Retrieved from www.businesswire.com/news/home/20161115005264/en/Schwab-Survey

8 Lusardi, A., & Mitchell, O. S. (2011). Financial literacy and retirement planning in the United States. *Journal of Pension Economics and Finance*, 10, 509-525.

9 정답은 (1) 102달러 이상; (2) 오늘보다 적음; (3) 거짓.

10 Global Financial Literary Excellence Center (GFLEC). (2017). *Women and financial literacy: OECD/INFE evidence, survey and policy responses report* . Russia Financial Literacy and Education Trust Fund, George Washington University, Washington, DC.

11 Bucher-Koenen, T., Lusardi, A., Alessie, R. J. M., & van Rooij, M. C. J. (2016, February). *How financially literate are women? An overview and new insights* . Working Paper 2016-1, Global Financial Literary Excellence Center (GFLEC).

12 리처드 드니스Richard Denniss, 오스트레일리아 인스티튜드 수석 경제학자 겸 전 전무 이사.

13 OECD. (2017). *Pension policy notes and reviews* . Retrieved from www.oecd.org/pensions/policy-notes-and-reviews.htm

04 은퇴가 건강에 도움이 될까?

1 World Health Organisation. (2011). *Global health and aging* . Bethesda, MD: WHO.

2 Hessel, P. (2016). Does retirement (really) lead to worse health among European men and women across all educational levels? *Social Science & Medicine*, 151, 19-26.

3 Eibich, P. (2015). Understanding the effect of retirement on health: Mechanisms and heterogeneity. *Journal of Health Economics*, 43, 1-12.

4 Holt-Lunstad, J., Smith, T. B., & Layton, J. B. (2010). Social relationships and mortality risk: A meta-analytic review. *PLoS Medicine*, 7(7), Article ID: e1000316.

5 Zhu, R. (2016). Retirement and its consequences for women's health in Australia. *Social Science & Medicine*, 163, 117-125.

6 Helldán, A., Lallukka, T., Rahkonen, O., & Lahelma, E. (2012). Changes in healthy food habits after transition to old age retirement. *European Journal of Public Health*, 22, 582-586.

7 Dave, D., Rashad, I., & Spasojevic, J. (2008). The effects of retirement on physical and mental health outcomes. *Southern Economic Journal*, 75, 497-523.

8 Heybroek, L., Haynes, M., & Baxter, J. (2015). Life satisfaction and retirement in Australia: A longitudinal approach. *Work, Aging and Retirement*, 1, 166-180.

9 Sahlgren, G. H. (2013). *Work longer, live* . IEA Discussion Paper No. 46, Institute of Economic Affairs, UK.

10 Barbosa, L. M., Monteiro, L., & Giardini Murta, S. (2016). Retirement adjustment predictors: A systematic review. *Work, Aging and Retirement*, 2, 262-280.

11 Ibid.

12 Bamburger, P. A. (2015). Winding down and boozing up: The complex link between retirement and alcohol misuse. *Work, Aging and Retirement*, 1, 92-111.

13 Holdsworth, L., Hing, N., & Breen, H. (2012). Exploring women's problem gambling: A review of the literature. *International Gambling Studies*, 12, 199-213.

14 Sjosten, N. M., Kivimaki, M., Singh-Manoux, A., & Vahtera, J. (2012). Change in physical activity and weight in relation to retirement: The French GAZEL Cohort Study. *BMJ Open*, 21.

15 Duberley, J., Carmichael, F., & Szmigin, I. (2014). Exploring women's retirement: Continuity, context and career transition. *Gender, Work and Organization*, 21, 71-90.

05 사회적 관계의 재조정

1 Tambourini, C. R. (2007). The never-married in old age: Projections and concerns for the near future. *Social Security Bulletin*, 67, 25-40.

2 Patulny, R. (2009). The golden years? Social isolation among retired men and women in Australia. *Family Matters*, 83, 39-47, Australian Institute of Family Studies.

3 Damman, M., & van Duijn, R. (2017). Intergenerational support in the transition from work to retirement. *Work, Aging and Retirement*, 3(1), 66-76.

4 Rosenthal, D. A., & Moore, S. M. (2012). *New age nanas: Being a grandmother in the 21st century* . Newport, NSW, Australia: Big Sky Publishing, pp. 79-80.

5 Ibid;

Moore, S. M., & Rosenthal, D. A. (2016). *Grandparenting: Contemporary perspectives*. London: Taylor and Francis;

Moore, S. M., & Rosenthal, D. A. (2014). Personal growth, grandmother engagement and satisfaction among non-custodial grandmothers. *Aging and Mental Health*, 19, 136-143.

6 For example, Thiele, D. M., & Whelan, T. A. (2008). The relationship between grandparent satisfaction, meaning and generativity. *International Journal of Aging and Human Development*, 66(1), 21-48;

The Berlin aging study. Retrieved from www.base-berlin.mpg.de/en (Study finds grandparents who babysit live longer).

7 Grigoryeva, A. (2014). *When gender trumps everything: The division of parent care among siblings* . American Sociological Association's 109th Annual Meeting, San Francisco.

8 Social Security Office of Retirement Policy (USA). (undated). *Population profiles*. Retrieved from www.ssa.gov/retirementpolicy/fact-sheets/marital-status-poverty.html;

Tamborini. (2007). The never-married in old age: Projections and concerns for the near future. *Social Security Bulletin*, 67(2), 25-40.

9 Kendig, H., Gong, C. H., Cannon, L., & Browning, C. (2017).

Preferences and predictors of aging in place: Longitudinal evidence from Melbourne, Australia. *Journal of Housing for the Elderly*, 31(3), 259-271.

10 Patulny (2009). The golden years? Social isolation among retired men and women in Australia. *Family Matters*, 83.

11 Eisenberg, R. (2016). *Retirement life: Men and women do it very differently*. Retrieved from www.forbes.com/sites/nextavenue/2016/04/20/retirement-life-women-and-men-do-it-very-differently/#4eb395bb3dd8.

12 Dixon, G. (2017). *What lonely over-60s miss the most*. Retrieved from www.oversixty.com.au/health/caring/2017/01/what-lonely-over-60s-miss-the-most/

13 Hawkley, L. C., Hughes, M. E., Waite, L. J., Masi, C. M., Thisted, R. A., & Cacioppo, J. T. (2008). From social structural factors to perceptions of relationship quality and loneliness: The Chicago Health, Aging, and Social Relations Study. *The Journals of Gerontology Series B: Psychological Sciences and Social Sciences*, 63(6), S375-S384;

Hawkley, L. C., & Cacioppo, J. T. (2007). Aging and loneliness. *Current Directions in Psychological Science*, 16(4), 187-191.

14 Holt-Lunstad, J., Smith, T. B., & Layton, J. B. (2010). Social relationships and mortality risk: A meta-analytic review. *PLoS Medicine*, 7(7), Article ID: e1000316.

15 Steptoe, A., Shankar, A., Demakakos, P., & Wardle, J. (2013). Social isolation, loneliness, and all-cause mortality in older men and women. *Proceedings of the National Academy of Sciences of the United States of America (PNAS)*, 110(15), 5797-5801.

16 Steffens, N. K., Cruwys, T., Haslam, C., Jetten, J., & Haslam, S. A.

(2016). Social group memberships in retirement are associated with reduced risk of premature death: Evidence from a longitudinal cohort study. *BMJ Open*, 6, e010164.

17 Steptoe et al. (2013). Social isolation, loneliness, and all-cause mortality in older men and women. *Proceedings of the National Academy of Sciences of the United States of America*, 110, 5797-5801.

18 Greenfield, E. A., & Marks, N. F. (2004). Formal volunteering as a protective factor for older adults' psychological well being. *Journal of Gerontology: Social Sciences*, 59B, S258-S264.

19 Steptoe et al. (2013). Social isolation, loneliness, and all-cause mortality in older men and women. *Proceedings of the National Academy of Sciences of the United States of America*, 110, 5797-5801.

20 For example: Stanley, I. H., Conwell, Y., Bowen, C., & Van Orden, K. A. (2014). Pet ownership may attenuate loneliness among older adult primary care patients who live alone. *Aging and Mental Health*, 18, 394-399.

06 은퇴 후 정체성 재정립

1 Wang, M., & Shi, J. (2014). Psychological research on retirement. *Annual Review of Psychology*, 65, 209-233;

Reitzes, D. C., & Mutran, E. J. (2004). The transition to retirement: Stages and factors that influence retirement adjustment. *International Journal of Aging and Human Development*, 59, 63-84;

Reitzes, D. C., Mutran, E. J., & Fernandez, M. E. (1996). Preretirement influences on postretirement self-esteem. *Journal of Gerontology: Social Sciences*, 5IB, S242-S249;

Reitzes, D. C., & Mutran, E. J. (2006). Lingering identities in retirement. *The Sociological Quarterly*, 47, 333-359.

2 Ibid.

3 Topa, G., & Alcover, C. (2015). Psychosocial factors in retirement intentions and adjustment: A multi-sample study. *Career Development International*, 20, 384-408.

4 Ibid;

Zaniboni, S., Sarchielli, G., & Fraccaroli, F. (2010). How are psychosocial factors related to retirement intentions? *International Journal of Manpower*, 31, 271-285.

5 Barnes, H., & Parry, J. (2004). Renegotiating identity and relationships: Men and women's adjustments to retirement. *Ageing and Society*, 24, 213-233, p. 24.

6 Ibid.

7 Herron, A. (2017). *Male engineers extending working life: Issues in ongoing professional practice development* . PhD thesis, Faculty of Business and Law, Swinburne University of Technology, Australia. Retrieved from https://researchbank.swinburne.edu.au/file/2df8798a-58c1-4c20-acf9-e38361ab2d24/1/Alison%20Herron%20Thesis.pdf

8 Price, C. A. (2003). Professional women's retirement adjustment: The experience of reestablishing order. *Journal of Aging Studies*, 17, 341-355.

9 Ibid, p. 348.

10 Borrero, L., & Kruger, T. M. (2015). The nature and meaning of identity in retired professional women. *Journal of Women and Aging*, 27, 309-329.

11 Reitzes & Mutran. (2006). Lingering identities in retirement, p. 354.

12 Teuscher, U. (2010). Change and persistence of personal identities after the transition to retirement. *International Journal of Aging and*

Human Development, 70, 89-106.

13 Moore, S. M., & Rosenthal, D. A. (2017). *Australian women in retirement survey*. 미출간된 최종 연구 보고서를 저자에게서 입수함.

07 은퇴 최대한 활용하기

1 Friedan, B. (1993). *The fountain of age* . New York, NY: Simon and Schuster.

2 Karpen, R. R. (2017). Reflections on women's retirement. *Gerontologist*, 57, 103-109, p. 108.

3 Earl, J. K., Gerrans, P., & Halim, V. A. (2015). Active and adjusted: Investigating the contribution of leisure, health and psychosocial factors to retirement adjustment. *Leisure Sciences*, 37, 354-372.

4 Jaumont-Pascual, N., Monteagudo, M. J., Kleiber, D. A., & Cuenca, J. (2016). Gender differences in meaningful leisure following major later life events. *Journal of Leisure Research*, 48, 83-103.

5 Earl, J. (2017). *Engaging employees in retirement planning makes business sense* . Retrieved from indaily.com.au

6 See *Dr Happy's tips for positive thinking* . Retrieved from www.drhappy.com.au

7 Edgar, P., & Edgar, D. (2017). *Peak: Reinventing middle age*. Melbourne, Australia: Text Publishing Co.

8 Ibid., p. 92.

9 Rosenthal, D. A., & Moore, S. M. (2012). *New age nanas: Being a grandmother in the 21st century* . Newport, NSW, Australia: Big Sky Publishing, pp. 79-80.

10 당신의 인생 선택Your Life Choices(2017. 9. 29). 조지 칼린George Carlin 대담 '나이 든다는 것getting old'. 출처 yourlifechoices.com.au

추가자료

학술 논문

Barbosa, L. M., Monteiro, L., & Giardini Murta, S. (2016). Retirement adjustment predictors: A systematic review. *Work, Aging and Retirement*, 2(2), 262-280.

Boyle, F., & Thomson, C. (2016). Establishing an evidence base for adapting social housing for an ageing population. *Journal of Financial Management of Property and Construction*, 21(2), 137-159.

Calvo, E., Sarkisian, N., & Tamborini, C. R. (2013). Causal effects of retirement timing on subjective physical and emotional health. *The Journals of Gerontology. Series B, Psychological Sciences and Social Sciences* , 68(1), 73-84.

Evans, S., Atkinson, T., Darton, R., Cameron, A., Netten, A., Smith, R., & Porteus, J. (2017). A community hub approach to older people's housing. *Quality in Ageing & Older Adults* , 18(1), 20-32.

Fisher, G. G., Chaffee, D. S., & Sonnega, A. (2016). Retirement timing: A review and recommendations for future research. *Work, Aging and Retirement* , 2(2), 230-261.

van der Heide, I., van Rijn, R. M., Robroek, S. W., Burdorf, A., & Proper,

K. I. (2013). Is retirement good for your health? A systematic review of longitudinal studies. *BMC Public Health*, 13(1), 1-22.

Vo, K., Forder, P. M., Tavener, M., Rodgers, B., Banks, E., Bauman, A., & Byles, J. E. (2015). Retirement, age, gender and mental health: Findings from the 45 and up study. *Aging & Mental Health*, 19(7), 647-657.

Wang, M., & Shi, J. (2014). Psychological research on retirement. *Annual Review of Psychology*, 65, 209-233.

Zantinge, E. M., van den Berg, M., Smit, H. A., & Picavet, H. J. (2014). Retirement and a healthy lifestyle: Opportunity or pitfall? A narrative review of the literature. *European Journal of Public Health*, 24(3), 433-439.

도서

Allen, C., Bearg, N., Foley, R., & Smith, J. (2015). *The retirement boom: An all inclusive guide to money, life, and health in your next chapter* . Wayne, NJ: Career Press.

Coon, A., & Feuerhern, J. (2017). *Thriving in retirement: Lessons from baby boomer women* . Santa Barbara, CA: Praeger.

Edgar, P., & Edgar, D. (2017). *Peak: Reinventing middle age* . Melbourne, Australia: Text Publishing Co.

Farrell, C. (2014). *Unretirement: How baby boomers are changing the way we think about work, community, and the good life*. London: Bloomsbury.

Friedan, B. (1993). *The fountain of age* . New York, NY: Simon and Schuster.

영화

About Schmidt (New Line Cinema)

The Best Exotic Marigold Hotel (20th Century Fox)

The Intern (Warner Bros. Pictures)

웹 사이트

AgeUK www.ageuk.org.uk/leics/information-and-advice/useful-websites/

Eldercare (US) www.eldercare.gov/eldercare.NET/Public/index.aspx

Retirement Matters (UK) www.retirement-matters.co.uk/

Starts at Sixty StartsatSixty.com

UK government retirement website www.gov.uk/plan-retirement-income

US government retirement website www.usa.gov/retirement

Your Life Choices yourlifechoices.com.au